KB152691

한나의 선물

Hannah's Gift
한나의 선물

한 어린 삶이

보낸

마지막 한 해

머라이어 하우스덴 지음 | 김라합 옮김

감사의 마음과 사랑을 담아 이 책을
나의 소중한 아이들 윌, 한나, 마거릿, 매들레인에게 바칩니다.

프롤로그: 빨간 구두

가만히 뒤돌아보면, 내 삶 전체가 오로지 이 한순간을 축으로 그 둘레를 조용히 맴돌아왔던 것 같다.

나는 어떤 구두를 살까 생각하며 아동화 전문점 스트라이드-라이트 안을 서성이고 있었다. 까만 가죽 구두나 파란 가죽 구두라면 한나의 유치원 입학을 위해 마련해 둔 옷들과 다 잘 어울릴 것 같았다. 나는 까만 구두와 파란 구두를 한 짝씩 들고 물었다.

"어떤 게 더 마음에 드니?"

그러나 한나는 벌써 점찍어둔 게 있었다.

"이걸로 할래."

한나가 빨간색 에나멜가죽 구두 한 켤레를 들고 선언하듯 말했다.

나는 난처한 기색을 감추고 조용히 웃어 보였다.

"한나야, 오늘은 구두를 한 켤레밖에 못 사. 그건 예쁘기는 한데, 지금 너한테 꼭 필요한 건 아니야. 네 옷장에 있는 옷들이랑 잘 어울리는 걸로 사야지."

"엄마, 빨간 구두는 아무 옷에나 잘 어울려."

한나는 물러서지 않았다.

"게다가 이게 내 발에도 꼭 맞고!!!"

한나가 제 발보다 세 치수나 큰 진열용 구두에 발을 밀어 넣으며 덧붙였다.

점원이 어깨 너머로 우리 얘기를 듣고 웃음을 터뜨렸다.

"어머니, 어떻게 하시겠어요?"

점원이 물었다.

"창고에 작은 치수가 있는지 알아볼까요?"

얼른 대답이 나오지 않았다. 돈도 아껴야 하거니와 나로서는 내 아이들이 어울리지 않는 차림새로 나다니게 둘 수도 없는 노릇이었다. 하지만 나는 한나의 얼굴이 기대감으로 잔뜩 들뜬 것을 보고 목까지 올라온 '아니요'란 말을 꿀꺽 삼켜버렸다. 그리고 결국 이렇게 말했다.

"예, 좀 알아봐 주세요."

한나는 얼마나 좋은지 꺅꺅 소리를 지르며 팔짝팔짝 뛰었다. 점원이 돌아오고, 한나는 점원이 가져온 구두를 신어보았다. 이번에는 구두가 한나 발에 딱 맞았다.

"꼭 신데렐라 같아!"

한나가 속삭였다.

한나는 맵시 있게 거울 앞으로 다가가 걸음을 멈추고, 꼿꼿이 서서 거울 속에 비친 구두를 뚫어지게 바라보았다. 그러더니 내게로 돌아섰다.

"신발이 잘 맞나 시험해 볼래."

한나가 한쪽 구두코로 카펫이 깔린 바닥을 톡톡 두드리며 말했다. 그러고는 뭔가 흡족하지 않다는 낯빛을 하고 가게 문 쪽으로 걸어갔다. 점원과 나도 한나를 따라갔다. 한나는 매장 중앙으로 들어서자마자 딱딱한 원목 바닥재에 닿는 빨간 구두 소리에 걸음을 멈췄다. 한나는 잠시 뜸을 들이다가 한쪽 구두 뒷굽을 바닥에 부딪쳐 딸깍, 소리를 내더니 발을 바꿔 또 딸깍, 소리를 냈다. 한나는 내가 그 소리를 들었는지 보려고 고개를 들었다. 나는 어서 해보라는 뜻으로 웃으며 고개를 끄덕여 보였다.

한나는 눈을 감고 팔을 벌린 채 춤을 추기 시작했다. 자기가 신고 있는 구두 말고는 모든 걸 잊은 듯, 한나는 딸깍딸깍 소리를 내며 점점 빨리 빙글빙글 돌았다. 기쁨에 달뜬 아이의 얼굴과 반짝반짝 빛나는 빨간 구두가 사람들의 눈길을 사로잡았다.

지나가던 사람들이 처음에는 한나를 보고, 다음에는 서로를 보고 미소를 지었다. 아예 걸음을 멈추고 구경하는 사람도 있었다. 아이 몇 명과 나이 지긋한 노인 하나가 춤판에 끼어들었다. 양팔 가득 쇼핑백을 안은 한 여자가 옆에 있는 여자에게 말했다.

"나도 늘 빨간 구두가 신고 싶었는데."

그러자 옆에 있던 여자가 대꾸했다.

"저도요. 그런데 어쩌다가 여태 빨간 구두 한번 못 신어봤는지 모르겠어요."

한나는 그럴싸하게 바닥에 몸을 푹 숙이는 자세로 공연을 끝냈다. 구경하던 사람들이 박수갈채를 보냈다. 한나가 일어서서 옷매무새를 가다듬고 머리핀을 고쳐 꽂았다.

한나가 내 쪽으로 돌아서며 말했다.

"엄마, 이게 나한테 딱 맞는 신발 같아. 엄마도 그렇게 생각하지?"

삶을 평가하는 진정한 기준은 얼마나 오래 살았나가 아니라 얼마나 충만하게 살았나 하는 것이다.

내 딸 한나가 세 번째 생일을 한 달 앞두고 암 진단을 받았을 때, 나는 그 동안 나 자신과 내 삶에 대해 믿어왔던 모든 것들에 회의를 품게 되었다. 너무나도 섬뜩하고 무자비한 진실 앞에서 나는 새로운 답을 찾기 시작했다. 다른 사람 아닌 한나 자신이 내 스승이 되었다. 한나는 정직하고 명랑하고 두려움 없이 살다가 또한 그렇게 기꺼이 죽음을 받아들임으로써 나에게 더 깊은 지혜를 일깨워주었으며, 두려움은 줄이고 기쁨은 배가시키는 삶의 길로 나를 이끌어주었다.

1994년 한나가 세상을 떠나고 난 뒤 나는 한나와 함께했던 여정을 글로 쓰기 시작했다. 아주 작은 것 하나라도 잊고 빠뜨릴까 염려스러워 모든 기억을 되살리려 애썼다. 그러나 막상 시작하고 보니, 나로서는 감당하기 어려운 일이었다. 가망이 없을 것 같았다. 결국 나는 중도에 포기하고 기다리기로 했다. 내 자신에게 충분히 슬퍼하고 마음의 상처를 치유할 시간을 주기로 한 것이다. 시간이 흐르면서 차츰, 우리의 이야기는 한나의 죽음과 함께 끝난 게 아니라 아직도 이어지고 있다는 깨달음이 왔다. 한나의 죽음은 단지 시작에 지나지 않았다. 그로부터 7년이 지난 지금, 지난 날들을 돌이켜보면 유난히 밝게 도드라져 보이는 어떤 기억들—몇 주 혹은 몇 달 간격으로 있었을지도 모르는 짧은 순간들—이 있다. 그 짧은 순간의 기억들이 지금도 여전히 나에게 가르침을 주고 있기에 그 순간들은 아직 내 안에 살아 있다.

이 책에는 그런 기억들이 갈피갈피 담겨 있다. 한나가 내게 남긴 선물이라 할 만한 것들을 모아놓은 앨범이 바로 이 책이다. 한나의 이야기가 고통을 겪고 있는 이들에게 위안이 되고, 깊이 있는 믿음을 갈구하는 이들에게 마음의 양식이 되고, 자기가 믿는 진리를 실천할 용기가 필요한 이들에게 격려가 되었으면 한다.

Truth

❖

귀머거리에게 속삭이기

두 마음

우리는 같은 날 피를 흘리기 시작했다.

　나는 내가 피를 흘리고 있다는 사실을 서서히 깨달았다. 깊은 잠에서 어렴풋이 깨어난 나는, 눈을 감은 채 침대에 누워 열린 창으로 불어 들어오는 시원한 아침 공기를 마시고 있었다. 8월 아침의 시원한 공기가 간밤의 열기를 기분 좋게 식혀주었다. 나는 몸을 쭉 펴고 만족스레 긴 숨을 내뱉었다. 클로드가 내 곁에서 몸을 뒤척였다. 거리 쪽에서는 새벽 조깅을 즐기는 사람의 발걸음 소리가 들렸다. 자동차 한 대가 부릉거리며 지나갔다. 나는 눈을 떴다. 침실 안은 어슴푸레하고 고요했다.

　침대에서 내려서려는데, 다리 사이에서 끈적끈적하면서 뜨뜻한 무엇인가가 느껴졌다. 순식간에 정신이 번쩍 들었다. 나는 한쪽 다리를 살짝 옆으로 벌려보았다. 다리를 벌리는 순간 뭔가 울컥 쏟아지는 느낌이 들었다. 나는 다리를 도로 꼭 붙이고 이게 꿈이기를 바라는 심정으로 눈을 감았다. 내 심장이 요동치는 소리만 들릴 뿐 사방은 고요했다. 자동차 한 대가 또 지나가고, 뒤이어 다른 자동차가 지나갔다. 나는 다시 눈을 떴다. 이번에는 아까보다 느리게. 해가 떠오르면서 방 안에 있는 물건들의 윤곽이 또렷하게 드러나기 시작했다.

나는 손으로 배를 쓸어보았다. 배가 약간 볼록한 것을 확인하니 마음이 놓였다. 뱃속 아기의 자그마한 형체가 훅, 훅, 하는 증폭된 심장 박동 소리와 함께 병원 초음파 모니터에 모습을 드러낸 게 바로 어제 일 아니었던가. 클로드는 그 모습을 보고 미소를 지으며 내 손을 꼭 잡았다. 나 또한 안도감으로 온몸이 따스해져옴을 느꼈다.

나는 전에도 세 차례나 유산을 한 경험이 있었다. 한결같이 8주째에 사건이 벌어졌다. 어제의 초음파 검사는 우리가 간절히 기다려왔던 확인 절차였다. 우리의 셋째 아이가 될 이 태아는 3월에 태어날 것이다. 맏이인 윌은 다섯 살이고, 둘째 한나는 세 돌을 앞두고 있었다.

지난 밤 나는 아기 방에 들어가 텅 빈 아기 침대 난간을 손으로 더듬으며, 방 안에 다시 아기 분 냄새가 감도는 순간을 상상했더랬다. 그리고 몇 주 만에 곤히 깊은 잠을 이룰 수 있었다.

그런데 지금은 클로드 곁에 누워, 내게 무슨 일이 생긴 것인지 알고 싶은 욕망과 차라리 알고 싶지 않다는 바람 사이에서 헤매고 있다. 마침내 나는 허벅지가 침대보에 스치지 않도록 조심조심 침대에서 나왔다. 두 발을 방바닥에 딛고 일어서자, 따뜻한 액체가 다리를 타고 흘러내렸다. 손가락 끝으로 그 액체를 한 방울 찍어보았다. 피였다. 나는 양탄자가 더러워지는 걸 막으려고 한 손으로 밑을 받치고 욕실로 종종걸음을 쳤다. 바로 그때 한나가 아래층 자기 방에서 나를 부르는 소리가 들렸다.

"엄마, 나 쉬하러 가야 돼!"

나는 휴지를 한 뭉치 뜯어 허벅지를 닦아내고 거울에 비친 내 모습을 들여다보았다. 눈빛이 험악해 보였다. 나는 얼굴에 찬물을 끼얹고 나서 한나의 방으로 갔다. 한나를 안고 화장실로 가면서도 나는 내 목덜미에 와 닿는 한나의 따스한 감촉을 거의 느끼지 못했다. 머리 속에는 온통 또다시 유산했다는 얘기를 남편이나 다른 사람들에게 어떻게 꺼낸단 말인가 하는 생각뿐이었다. 몹시 부끄러웠다. 이 아기를 잃은 것이 나에게는 또 한 번의 실패를 의미했다.

볼일 끝낸 한나를 변기에서 들어 올리는 순간, 유산의 슬픔 따위는 온데간데없어졌다. 한나의 소변이 진한 핑크빛을 띠고 있었던 것이다. 피가 섞여 나온 게 틀림없었다. 내가 흘린 피야 유산 탓이라는 걸 알고 있었지만, 세 살이 채 안 된 아이의 소변에 섞인 피가 무엇을 뜻하는지는 알 수 없었다. 잠시 동안 머리 속이 하얘졌다. 머리만이 아니라 몸도 움직일 수 없었다. 뭔가 두꺼운 막이 나를 감싼 것같이 아무 감각이 없었다.

2층 욕실에서 클로드가 샤워하는 소리가 들렸다. 나는 옷을 입고 한나에게도 옷을 입혔다. 윌을 깨우고, 식탁에 아침 식사를 차려놓고, 전화 세 통을 걸었다. 내 주치의와 소아과 의사와 친구 릴리에게. 그리고 아래층으로 내려온 클로드에게 한나의 피와 내 피에 대해 이야기했다. 울음조차 나오지 않았다. 클로드는 속이 울렁거리기라도 하는지 식탁 위로 몸을 숙였다. 30초가량 아무도 입을 열지 않았다. 마침내 클로드가 일어서서 내 손을 잡았다.

"여보, 내가 어떻게 해주면 좋겠어?"

클로드가 물었다.

자기가 출근을 안 하기를 바라는지 묻는 거였다. 남편이 속한 엔지니어링 팀의 팀원들은 추진 중인 프로젝트가 기한을 넘기고 예산도 초과한 상황이라 몇 달째 극심한 과로와 압박감에 시달리고 있었다. 3주 전 남편 회사의 사장은 우리에게 가족 휴가를 연기하라고 요구했다. 그러나 클로드는 일보다 가족이 더 중요하다며 사장의 요구를 거절했다. 어제도 클로드는 산부인과에 나와 동행함으로써 같은 선택을 했다.

"괜찮아."

나는 숨을 깊이 들이쉬고 두려움을 억누르며 말했다.

"내가 병원에 갔다 오는 동안 아이들을 봐달라고 릴리에게 벌써 부탁해 놓았어. 그리고 한나를 병원에 데리고 갔다 올 때까지 릴리가 윌이랑 있어주기로 했어. 그러니까 당신은 신경쓰지 않아도 돼. 병원에 갔다 와서 바로 전화할게."

"정말 괜찮겠어?"

클로드가 물었다.

"그렇다니까."

나는 클로드의 뺨에 가볍게 입을 맞추고 말했다.

"정말로 별일 없을 거야. 걱정하지 마."

말은 이렇게 했지만, 나의 다른 일부는 이 말이 사실이 아니라는 걸 알고 침묵을 지키고 있었다. 마치 한 영화의 같은 장면을 서로 다른 두 인물이 연기하고 있는 것 같았다. 그 장면에서 한나와 내가 피를 흘리고 있었다. 나의 일부는 차분하게 이 진실을 받아들이고 있었다. 그러나 나의 또다른 일부는 두려움에 사로잡혀, 모든 것이 괜찮아지리라는 걸 잠시나마 믿고 싶어했다. 내가 할 수 있는 일은 하나뿐이었다. 둘 다를 있는 그대로 내버려두는 것.

말없는 위로

한 시간 반 뒤, 산부인과 의사는 내가 이미 알고 있는 사실을 확인해 주었다. 뱃속의 아기가 죽었다고 했다. 의사가 초음파 검사기로 내 배 위를 더듬는 동안 어두운 진료실에는 침묵만이 감돌았다. 어제 우리에게 심장 박동 소리를 들려주던 태아가 지금은 파란 모니터에 한 점 얼룩으로 나타날 뿐이다. 귓바퀴에 고인 눈물이 흘러넘쳐 진료대 시트에 스며들었다.

"유감입니다."

의사가 말했다.

나는 옷을 걸치며 의사에게 보일락 말락 고개를 끄덕여 보이고 진료실을 나왔다. 차에 오르자 억눌렸던 흐느낌이 터져나왔다. 나는 릴리네 집까지 가는 동안 내내 울었다. 잃어버린 생명도 생명이거니와 앞으로 닥칠 일에 대한 두려움 또한 감당하기 어려웠다.

킴과 케이트와 뎁이 릴리네 집에 와 있었다. 일 년이 넘게 매주 금요일 집집마다 돌아가며 모임을 가져온 '엄마들의 모임' 친구들이었다. 내가 들어서자, 네 친구가 일제히 나를 올려다보았다. 퉁퉁 부은 내 눈이 친구들의 말없는 물음에 답이 되어주었다. 릴리가 점심 식사를 준비하는 사이, 나는 클로드에게 전화를 걸어 3월에 태어나지 못하게 된 아기에 대해 이야기했다. 클로드도 나도 더는 할말을 찾지 못했다. 나는 전화를 끊고 친구들이 둘러앉아 있는 식탁으로 갔지만 음식에 거의 손을 대지 못했다. 온몸의 감각이 무뎌져 말을 할 수도 먹을 수도 없었다.

별안간 부엌 문이 열리더니 노는 아이들 소리가 방 안으로 밀려들었다. 고개를 돌려보니 한나가 문지방에 서 있었다. 민소매 원피스에 분홍색 머리띠를 하고 새로 산 빨간 구두를 신은 모습이었다. 한나는 문지방에 서서 말없이 나를 바라보다가 쪼르르 달려와 내 무릎 위로 기어올랐다. 그리고 내 볼을 가볍게 토닥거리기 시작했다.

동행

두 시간 뒤 한나는 소아과 진료실 바닥에 인형을 한 무더기 쌓아놓고 인형 더미를 이리저리 뒤적였다. 그러다가 마침내 자기가 찾던 인형을 발견했는지 나비 인형 하나를 옆구리에 끼고 내 무릎 위로 기어올라왔다. 나는 어느 정도 마음이 놓인 상태라 진료실 벽에 걸린 학위증과 사진들을 멀뚱히 바라보고 있었다. 조금 전에 에드먼 박사가 한나를 진찰했는데, 그의 얼굴에 별다른 기색이 드러나지 않았던 것이다. 에드먼 박사는 잠시 전화를 걸고 올 테니 진료실에서 기다리라고 했다. 이 정도야 으레 있는 일이었다. 에드먼 박사가 돌아와 책상 모서리에 걸터앉았다.

"지금 남편에게 연락을 취할 수 있나요?"

에드먼 박사가 물었다.

내 머리는 박사의 말을 해독하느라 빠르게 돌아갔다. 이건 으레 있는 일이 아니었다. 클로드에게 연락이 되느냐가 왜 그리 중요하단 말인가?

"한나 복부에 종양이 있습니다."

에드먼 박사가 조용히 말했다.

"제가 응급실에 전화를 해두었습니다. 지금 응급실로 가서야 합니다. 남편도 응급실로 오셔야 되고요."

나는 클로드에게 전화를 걸어 에드먼 박사의 말을 그대로 옮겼다.

"종양이라니, 그게 무슨 소리야?"

클로드가 물었다.

"나도 모르겠어."

내가 차를 모는 동안 한나는 뒷자리의 카시트에서 잠이 들었다. 40분 뒤 응급실 주차장으로 들어가 엔진을 끄면서 나는, 거기까지 오는 동안 내가 정지 신호에서 차를 세웠었는지 기억하지 못한다는 걸 깨달았다. 신호를 다 무시하고 왔는지, 아니면 그저 정신이 너무 멍해서 기억을 못하는 것인지.

안전띠를 풀고 카시트에서 한나를 들어낼 때, 한 가지 의문이 안개 속처럼 뿌연 내 머리를 스치고 지나갔다. 그 종양이라는 게 암일 수도 있나? 나는 벌레라도 털어내듯 얼른 그 의문을 떨쳐냈다. 어떻게 그런 생각을 할 수 있단 말인가? 태어난 지 2년 남짓밖에 안 된 아이가 암은 무슨 암. 에드먼 박사는 그냥 종양이라고만 했다. 그러니 그냥 떼어내면 될 것이다.

응급실 자동문이 스르륵 열리는 것과 거의 동시에 마음이 한결 편해졌다. 간호사 하나가 황급히 뛰어왔다.

"마텔 부인이시죠?"

간호사가 확인 겸 인사 겸 물었다.

나는 고개를 끄덕였다. 내 어깨에 얼굴을 묻고 자던 한나가 부시시 고개를 들었다.

"별일 아니야, 아가."

내가 한나에게 소곤거렸다.

"병원에 왔어. 여기에 계신 분들이 네 배가 어떻게 된 건지 알아봐 주실 거야."

"배고파, 엄마."

한나가 눈을 감고 도로 내 어깨에 머리를 기대며 말했다.

간호사가 우리를 작은 진찰실로 안내했다. 나는 한나를 내 옆에 앉혔다. 간호사가 한나의 혈압과 체온을 재고 나더니 나에게 한나의 옷을 벗겨달라고 했다.

"싫어, 엄마, 너무 추워."

내가 간호사를 쳐다보자, 간호사는 어깨를 들썩해 보였다.

"그럼 그냥 입고 있으라고 하죠, 뭐."

간호사가 말했다.

얼마 안 있어 의사와 간호사, 레지던트, 기술자들이 줄지어 들어와 이것저것 묻고 기록하더니 문을 닫고 나갔다. 응급실에 들어서면서 느꼈던 안도감은 점점 사그라지고 있었다. 클로드가 빨리 와주었으면 하는 마음뿐이었다.

나는 진찰실 문을 열었다. 문 밖 복도에서 큰 소리로 얘기를 나누고 있던 레지던트와 간호사들이 무슨 음모라도 꾸미다가 들킨 사람들처럼 화들짝 놀라는 눈치였다. 그들 너머로 클로드가 방문에 붙은 호수를 읽느라 복도 좌우로 고개를 획획 돌리면서 거의 뛰다시피 다가오는 게 보였다. 클로드는 겁에 질려 거의 넋이 나간 표정이었다. 뭘 어떻게 해야 좋을지 몰라 나보다 심하게 허둥거렸다.

"아빠!"

클로드가 방으로 들어오자 한나가 소리쳤다.

클로드와 나는 서로를 와락 끌어안았다.

유능해 보이는 레지던트가 방 안으로 고개를 삐죽 들이밀었다.

"10분 뒤에 아래층에서 엑스레이를 찍을 겁니다. 보호자 한 분만 한나를 데리고 내려오세요."

"엄마, 엄마랑 같이 갈래."

한나가 말했다.

"그래, 아가야."

내가 대답했다.

레지던트는 엄한 얼굴로 나를 바라보았다.

"아래층으로 같이 가실 수는 있지만, 임신 상태가 아닌 게 확실하지 않으면 촬영실에는 들어가실 수 없습니다."

레지던트가 말했다.

이 말에 대답할 때의 내 목소리는 마치 어디 멀리서 들려오는 소리 같았다.

"임신 중이 아니에요. 확실합니다."

불과 몇 시간 전에 뼈아픈 실패로 와 닿았던 일이 지금은 내가 그 무엇보다 간절히 원하는 일―한나와 함께 있는 것―을 할 수 있게 해주고 있었다. 변한 것이라고는 내 시각뿐이었다. 태중의 아기가 죽었다는 사실에는 그때나 지금이나 변함이 없었다.

내가 한나에 대해 알고 있는 것

의사가 방으로 들어와 필름 판독대에 불을 켜고 엑스레이 필름을 클립에 끼웠다. 나는 필름을 더 자세히 보려고 잠든 한나를 반대편으로 돌려 안고 클로드 쪽으로 몸을 기울였다. 의사가 허옇게 윤곽이 드러난 한나의 갈비뼈 밑에 있는 크고 진한 그늘을 펜으로 가리켰다.

"바로 이겁니다."

기억의 편린들이 맞춰지기 시작했다. 3주 전, 미시간에서 휴가를 보내던 중 우리는 한나를 응급실에 데리고 간 적이 있었다. 한나가 누워 있으면 아프다고 자꾸 징징거렸던 것이다. 자다가 끙끙 앓기도 하고 밤이면 미열이 나기도 했다. 그때 의사는 한나가 독감에 걸렸다며 소아용 타이레놀을 주었다. 이틀이 지나도 나아지는 기미가 없어 우리는 다시 한나를 다른 병원으로 데리고 갔다. 그 병원 소아과 의사는 폐렴 여부를 확인해야 하니 가슴 엑스선 촬영을 하라고 지시하고서 한나의 복부를 촉진하려고 했다. 그러나 한나는 비명을 지르며 눕기를 거부했다. 너무 아프다는 것이었다. 의사는 기분이 상했는지 복부 진찰을 포기했다.

"이 아이는 아무 이상이 없습니다. 단순한 꾀병이에요."

의사라는 여자가 우리에게 말했다.

"잠자기 싫은 어린아이들이 흔히 써먹는 수법이지요."

"아이 몸에 문제가 있는 게 아니라는 걸 어떻게 알죠?"

나는 조금 심란해져서 물었다. 윌과 한나는 기다리는 게 지루했는지 진찰실 밖으로 나가, 복도에서 꽥꽥 소리를 지르며 뛰어다니고 있었다.

의사는 아이들의 소란이 못마땅하다는 듯 눈살을 찌푸렸다.

"저 아이 좀 보세요. 정말로 아프다면 저렇게 기운이 넘치겠어요? 정말 아픈 아이라면 생기가 없고 무기력할 겁니다. 열도 밤에만 잠깐 오르는 게 아니라 종일 오를 거고요. 게다가 진찰을 받을 때 법석을 떨지도 않겠지요. 원하신다면 휴가 끝나고 집에 가서 저 아이 주치의를 만나보세요. 하지만 제가 보기에 아이는 멀쩡합니다."

의사의 말에 나는 혼란스럽고 어리둥절했다. 내 몸 안의 모든 뼈들이 나에게 뭔가 잘못되었다고 소리치고 있었다. 그러나 의사 말이 맞을 수도 있었다. 어쩌면 내가 아이를 너무 응석받이로 키운 못난 어미인지도 몰랐다. 클로드가 윌과 한나를 데려오는 동안 나는 재빨리 우리 소지품을 챙겼다. 버릇없는 우리집 두 아이를 데리고 나오면서 대기실에 있는 다른 아이들을 보는 순간, 공연히 의사의 귀한 시간만 빼앗았다는 죄책감이 들었다. 다른 아이들은 척 봐도 한결같이 아픈 기색이 역력했다.

한나의 갈비뼈 엑스선 필름에 나타난 짙은 그늘을 보고 있는 지금, 다시금 깊은 열패감 같은 것이 느껴졌다. 미시간 의사의 말은 반만 옳았다. 나는 아이를 응석받이로 키운 못난 어미가 아니라 아이의 병을 키운 못난 어미였다. 어째서 나는 내 내면의 소리에 좀더 믿음을 갖지 않았을까? 의사들은 아이들에게 일반적으로 적용되는 병의 증상을 알고 있었다. 나는 한나를 알고 있었다. 우리는 서로 다른 문제에 관한 권위자였다. 나는 한나의 행동에 대한 의사의 해석이 내가 한나에 대해 알고 있는 사실들과 일치하지 않는다고 끝까지 물고 늘어졌어야 했다.

한나는 평소와는 달리 자기가 원하는 걸 얻기 위해 게임을 하는 데 흥미를 보이지 않았다. 원하는 걸 그냥 곧바로 달라고 했다. 또 아이가 멀쩡하다면 왜 자면서 신음을 하고 밤마다 열이 올랐을까? 이런 증상들이 단순한 꾀병의 징후만은 아니었을 것이다. 내가 실수를 너무 두려워하고 다른 사람들이 나를 어떻게 생각할지에 지나치게 신경을 곤두세우다가 내 딸을 이 지경으로 만든 건 아닐까?

의사가 판독대에서 필름을 빼낼 때 나는 단단히 결심했다. 한나에게 때가 너무 늦기 전에, 그리고 나에게 때가 너무 늦기 전에, 이제부터라도 할 말은 다 해야겠다고.

나에게 중요한 건

자정이 지난 시각이건만 어둡거나 고요하지 않았다. 복도의 형광등 불빛이 반쯤 열린 문을 통해 방 안으로 흘러들었다. 모니터에서 삐삐, 발신음이 나고 정맥 주사 펌프가 딸각거렸다. 주위가 아주 조용하다면, 한나 손의 가늘디 가는 정맥에 연결된 줄을 통해 진통제가 쉭쉭 흘러드는 소리를 들을 수도 있을 것이다. 진통제 덕에 한나는 몇 주 만에 처음으로 곤히 자고 있었다.

내 눈은 피로로 충혈되었으나 진득하니 감겨 있으려 하지 않았다. 간혹 꿈을 꾸다 보면 꿈속에서 내가 깨어 있다는 의식이 들 때가 있는데, 지금도 혹시 내가 그런 꿈속을 헤매고 있는 게 아닌가 하는 의문이 들기 시작했다. 내 곁에 모로 웅크리고 누워 있던 한나가 몸을 뒤척였다. 나는 일어나 앉아 희미한 불빛 속에서 딸아이의 얼굴을 자세히 들여다보았다. 안색이 몹시 창백했다. 나는 손가락으로 한나의 뺨을 더듬어보고 입술에 들러

붙은 금빛 머리카락 몇 올을 떼어주었다. 담요를 고쳐 덮어주다가, 새로 산 빨간 구두가 여전히 한나 발에 꿰어져 있는 것을 보니 나도 모르게 입가에 미소가 돌았다. 구두를 산 지 이틀이 지났건만 한나는 아직도 빨간 구두를 벗으려 하지 않았다. 내가 도로 자리에 눕자, 한나가 잠결에 한쪽 팔로 내 가슴을 감쌌다.

오늘처럼 하루가 길게 느껴진 적이 또 있을까! 무슨 검사니 진찰이니 하며 일곱 시간이 넘게 진을 빼놓은 뒤에야 응급실 의사들은 한나를 소아과 병동으로 옮겨주었다. 처음에 간호사들은 내가 한나 곁에서 밤을 보낼 수 없다고 했다. 병실에 보호자가 잘 곳이 없다는 것이었다. 클로드와 내가 무슨 일이 있어도 한나 곁에 있겠다고 우기자 간호사들은 마지못해 내가 2인용 침대에서 한나와 함께 자는 것을 눈감아주었다.

클로드가 집으로 돌아가기 전, 나는 앞으로 병원에서 지내는 데 필요한 물건들을 적은 쪽지를 클로드에게 건네주었다. 한나의 분홍색 꽃무늬 잠옷과 내 레깅스와 스웨터, 속옷, 칫솔, 치약, 한나의 분홍색 담요. 위기 한가운데서 우리에게 필요한 것들은 놀랍게도 그리 많지 않았다.

나중에 나는 침대 모서리에 걸터앉아 몇 군데 전화를 걸었다. 먼저 시부모님과 친정 부모님에게 전화를 걸어 한나의 상태와 내 유산 소식을 짤막하게 전하고, 나머지 식구들에게 대신 전화해 달라고 부탁했다. 친정 어머니는 되도록 빨리 월을 돌봐주러 오시겠다고 했다. 부모님과 통화하고 나서는 올해 내가 봉사 활동을 하기로 예정되어 있는 교회와 학부모회와 월의 학교에 전화를 걸었다. 전화를 걸어, 한나가 아픈 탓에 내 모든 시간과 에너지를 한나와 함께 지내는 데 쏟아야 하며, 따라서 다른 일은 할 수 없게 되었노라고 얘기했다. 그러고 나자 마음이 한결 가벼워졌다.

나는 오랜 세월 다른 사람들과의 관계 속에서 내가 얼마나 중요하고 필요한 사람인가를 기준으로 나의 가치를 재왔다. 이제 와 생각하니, 내가 무슨 일에든 예, 라고 해온 것은 단지 남에게 도움이 되고 싶어서만이 아니라 존경받고 칭송받고 사랑받고 싶어서였던 것 같다. 나는 모든 면에서 완벽한 사람이라는 환상을 유지하는 데 전심전력했다. 그리고 다른 사람들을 위해 '옳은 일'을 하느라 여념이 없어 나에게 정말로 중요한 것이 무엇인지조차 잊고 살았다.

어슴푸레한 방 안에 누워 있는 지금에야, 내게 진정으로 중요한 것들이 놀랍도록 명료하게 보인다. 바로 여기가 내가 있고 싶은 곳이며 있어야 할 곳이었다. 이런 생각이 너무도 확실해, 참으로 오랜만에 다른 사람들이 어떻게 생각할지 따위에 연연하지 않을 수 있었다.

존중

나는 꿈 없는 깊은 잠에서 깨어나려 애썼다. 알람시계가 삐삐 소리를 내고 있었다. 잠결에 시계 버튼을 누르려고 팔을 뻗다가 차가운 금속 난간에 팔을 부딪혔다. 순간 눈이 번쩍 뜨였다. 삐삐거리는 소리는 알람시계에서 나는 게 아니었다. 정맥 주사 펌프에서 나고 있었다.

나는 마치 우주에 보이지 않는 막이라도 드리워져 있어 그 막을 통과하는 듯한 기분으로 천천히 일어나 앉았다. 한나는 아직 자고 있었다. 몇 시나 됐을까 궁금하여 주위를 휘 둘러보았다. 블라인드 사이로 들어오는 희뿌연 빛을 보면 이른 새벽인 듯 싶었으나 복도에서 떠들썩한 소리가 들리는 걸로 보아 내 짐작보다 더 늦은 시각인지도 몰랐다.

간호사 하나가 방으로 성큼성큼 걸어 들어오고, 파란색 옷차림의 땅딸막한 젊은 여자가 식판을 들고 뒤따라 들어왔다. 간호사가 삐삐거리는 정맥 주사 펌프 앞에서 바쁘게 일하는 동안 젊은 여자는 우리의 아침 식사가 담긴 식판을 내려놓았다. 멀건 오트밀에 미지근한 스크램블드 에그, 그리고 다 식어버린 토스트.

"첫날 식사가 제일 형편없어요."

젊은 여자가 미안해 하는 투로 설명했다.

"어제 여기에 계셨더라면 식사를 선택할 수 있었을 텐데, 미리 신청하지 않으셨기 때문에 저희로서는 조리실에 남아 있는 걸 드릴 수밖에 없거든요. 식판 밑에 내일 메뉴가 있으니 원하시는 음식에 동그라미를 치세요. 이따가 와서 가져갈게요."

젊은 여자는 한나가 자는 모습을 힐끗 쳐다보았다.

"식사가 환자 한 사람에 1인분씩밖에는 안 나와요. 그러니까 보호자도 같이 드시려면 음식 가짓수를 늘려서 주문하세요. 주문하시는 대로 갖다드리도록 애써볼게요."

여자는 우리 방문 앞에 모여 있던 흰 가운 차림의 레지던트들을 헤치고 나갔다. 레지던트 세 명이 방으로 들어왔다. 저마다 목에는 청진기를 걸고, 손에는 차트를 들고 있었다. 그들이 한나의 침대로 다가갔다. 셋 중 둘이 동시에 헛기침을 하더니 서로 민망한 듯 씩 웃었다. 작업을 끝낸 간호사가 레지던트들에게 고개를 까딱해 보이고는 방을 나갔다.

나는 의심스러운 눈길로 레지던트들을 지켜보았다. 하룻밤 사이 나는 병원이 어떻게 돌아가는지 대충 감을 잡기 시작했는데, 그중 눈에 띄는 사실 하나는 같은 사람을 두 번 보기 어렵다는 것이었다. 병원 사람들이 우리에 대해 아주 많은 것을 알고 있는 데 반해 우리는 그들에 대해 아는 게 거의 없다는 사실 또한 마음을 불안하게 했다. 한나가 눈을 뜨고 일어나 앉았다.

"엄마, 이 사람들 누구야?"

한나가 찌푸린 얼굴로 물었다.

그러자 레지던트 하나가 사무적으로 말했다.

"아이를 진찰해야 합니다. 잠깐이면 될 겁니다."

"내 이름은 한나예요."

"그래, 우리도 알고 있단다."

그 남자는 청진기를 손에 들고 한나에게 더 가까이 다가갔다. 다른 레지던트 둘도 그 남자를 따라 움직였고, 복도에 남아 있던 나머지 레지던트들마저 방으로 들어와 침대가에 둘러섰다.

"멈춰요!"

한나가 교통정리를 하는 경찰마냥 팔을 쭉 뻗으며 소리쳤다. 청진기를 들고 있던 레지던트가 멈칫했다. 한나가 내게 말했다.

"엄마, 이 사람들 좀 나가라고 해. 이 사람들은 내 친구가 아니야. 나한테 이름도 알려주지 않았단 말이야!"

나는 머뭇거렸다. 레지던트들이 나를 바라보고 있었다. 그들은 내가 한나에게 얌전히 있으라고 말해 주기를, 그래서 자기네가 필요한 절차를 밟을 수 있기를 기대하고 있었다. 그 순간 미시간 의사가 내린 진단이 떠올랐다. 꾀 많고 버릇없는 아이. 이 병원 의사들 또한 같은 생각을 하고 있을지 몰랐다. 하지만 난 개의치 않았다. 이 세상에서 마땅히 존중받아야 할 사람이 있다면 그건 바로 한나였다. 나는 청진기를 들고 있는 레지던트를 바라보았다.

"한나 말이 옳아요."

나는 레지던트에게 말했다.

그 레지던트는 눈살을 찌푸리며 난감한 듯 손가락으로 자기 차트를 톡톡 두들겼다. 다른 레지던트들의 눈길이 그에게로 쏠렸다.

"한나야, 난 널 진찰해야 해."

마침내 레지던트가 말했다.

"내 이름을 말해 주면 진찰하게 해줄 거니?"

한나는 눈을 가늘게 뜨고 처음에는 그 레지던트를, 다음에는 나를 바라보았다.

"좋아요. 하지만 다른 사람들은 모두 나가라고 하세요."

레지던트가 고개를 끄덕였다.

다른 레지던트들이 방에서 우르르 나갔다. 마지막 사람까지 나가자, 레지던트가 한나에게 청진기를 들이댔다. 한나가 그의 손길을 막았다.

"이름이 뭐예요?"

한나가 물었다.

"피오렐리."

레지던트가 웃으며 말했다.

"그런 거 말고 진짜 이름요."

한나가 몹시 화난 투로 말했다.

"토니."

레지던트는 입 꼬리가 귀에 걸리도록 씩 웃으며 대답했다.

"아하, 토니 선생님이시로군요."

한나가 베개에 등을 기대며 말했다.

"참 좋은 이름이에요."

닥터 토니가 이 얘기를 병원에 퍼뜨린 모양이었다. 그날부터 레지던트들이 한꺼번에 서너 명 이상씩 한나 방으로 몰려오는 일은 없었고, 모두가 진짜 이름을 대고 한나에게 자기소개를 했다.

마코프 박사의 원칙

마코프 박사가 목청을 가다듬고 안경을 고쳐썼다. 그는 에드먼 박사의 파트너로, 한나의 소아과 의사들 가운데 한 사람이었다. 마코프 박사는 나와 클로드를 마주 보고 앉아 있었다. 어깨는 구부정하고, 홀쭉한 얼굴에는 긴장감이 역력했다. 힘없는 머리칼은 헝클어져 있고, 바지는 구겨지고, 셔츠는 단추 하나가 떨어지고 없었다. 하지만 그는 단추가 떨어져나간 걸 모르거나 알더라도 신경쓰지 않는 것 같았다.

"두 분께 소아과 의사로서가 아니라 아버지 입장에서 얘기하겠습니다."

마코프 박사가 몸을 앞으로 기울여 팔꿈치를 무릎에 괴고 운을 뗐다. 그리고 다시 한 번 목청을 가다듬었다. 나는 그를 좀더 유심히 살폈다. 곧 울음이라도 터뜨릴 것 같은 표정이었다.

클로드와 나는 서로 눈길을 주고받았다.

"제 딸 대니엘은 작년에 백혈병 진단을 받았습니다. 두 돌이 조금 지난 아이인데 말입니다. 아내는 지금 미네소타 메이어 병원에 딸아이랑 함께 있습니다. 아이가 거기서 간세포(幹細胞) 이식을 받고 있거든요. 우리는 어떻게 해서든 아이를 살려 보려고 애쓰고 있습니다."

우리는 한순간에 부모와 의사에서 아무도 가입하고 싶어하지 않는 클럽에 속한 두 아비와 한 어미로 옮아가 있었다.

"두 분은 지금부터 그 누구도 대신해줄 수 없는 수많은 결정을 내려야 할 겁니다. 그런 결정들이 한나가 사느냐 죽느냐에 영향을 미칠지도 모릅니다. 제가 두 분께 해드릴 수 있는 최선의 조언은 이것입니다."

마코프 박사는 클로드와 나를 똑바로 쳐다보았다.

"그때에 두 분이 갖고 있는 정보 범위 안에서 내릴 수 있는 최상의 결정을 내리십시오."

마코프 박사는 앞으로 기울였던 몸을 곧게 세우고 손가락으로 머리칼을 훑었다.

"'그때'가 중요합니다. 제 말이 무슨 뜻인지는 차차 아시게 될 겁니다. 그때 이걸 알기만 했더라면, 저걸 알기만 했더라면 하며 머리를 쥐어뜯는 사태가 생길 수도 있습니다. 하지만 중요한 건 두 분이 그때 그걸 모르셨다는 겁니다. 그러니 그냥 계속 자신에게 이렇게 말하십시오. '우리는 우리가 알고 있는 범위 안에서 최선을 다했어'라고요."

나는 그의 말 속에 담겨 있는 절절한 진심을 들을 수 있었다. 그의 말들이 내 가슴에 깊이 스며드는 것과 때를 같이해 내 안의 딱딱한 무엇인가가 부드럽게 녹아 없어졌다. 나는 마코프 박사의 원칙이 단지 우리가 한나의 치료에 대해 내려야 하는 결정뿐 아니라 내 삶의 다른 모든 영역에도 적용된다는 사실을 깨달았다. 실수를 할지도 모른다는 두려움이 더는 나를 무력하게 만들지 못했다. 이제부터 내가 아는 범위 안에서 최선을 다하는 일만 남았다.

진실, 특별한 처방

월이 내 무릎 위에 웅크린 채 자고 있었다. 월의 노란 상고머리가 내 턱을 간질였다. 월은 날 때부터 키가 크고 몸집이 좋았지만, 사람들 눈에 먼저 띄어 오래 각인되는 것은 아이의 부드러운 초록 눈이었다.

한나는 내가 월을 안고 앉아 있는 안락의자와 맞닿아 있는 제 침대에서 베개 더미에 등을 기댄 채 우리를 지켜보고 있었다. 긴 플라스틱 줄을 통해 정맥 주사액이 한나의 팔로 흘러들고 있었다. 한나는 분홍색 담요로 다리를 덮고, 모조 다이아몬드가 박힌 왕관을 쓰고, 분홍색 꽃무늬 잠옷을 입고 있었다.

나는 목청을 가다듬었다. 어린 딸에게 진실을 털어놓아야 하는 그 순간의 무게가 내 가슴을 짓눌렀다.

"한나야, 네가 왜 그렇게 아픈지를 의사 선생님들이 알아내셨어. 네 뱃속에 종양이라고 하는 혹이 있대. 종양은 사람 몸에 있는 세포들이 잘못 자라서 제 할 일을 못할 때 생기는 거야. 의사 선생님들이 그걸 떼낸 다음 나쁜 세포들이 다시 살아나지 못하게 하는 약을 주실 거야."

"그걸 떼낼 때 아파?"

한나가 얼굴을 찌푸리고 입을 삐죽 내밀며 물었다.

나는 머뭇거렸다. 전에는 곤란한 상황이 닥치면 그럴 듯한 말로 얼버무리고, 좋은 점을 찾아내려 애쓰고, 진실을 외면한 채 시간을 끌면서 어영부영 넘어가는 식으로 대처하곤 했다. 그렇지만 이번에는 월과 한나에게 신뢰를 주고 싶었다. 이번만큼은 두 아이에게 거짓말을 할 수 없었다.

"응, 아마 아플 거야. 하지만 의사와 간호사 선생님들이 어떻게 해서든지 너를 되도록 덜 아프게 해주려고 애쓰실 거야. 병원에는 의사 선생님이 혹을 떼어내는 동안 네가 잠들어 있게 해주는 특별한 약이 있어. 또 몸이 회복되는 동안 너를 푹 쉬게 도와주는 다른 약들도 있고."

"난 자고 싶지 않아. 하나도 안 피곤하단 말이야!!"

한나가 말했다.

"지금은 안 자도 돼."

월이 부드럽게 대꾸했다.

"의사 선생님들이 혹을 떼어낼 때만 자면 되는 거야. 맞죠, 엄마?"

월이 나에게로 고개를 돌리고 물었다.

나는 웃으며 고개를 끄덕여주었다.

"휴, 그럼 됐어."

한나가 안도의 한숨을 내쉬었다.

"엄마."

윌은 눈물이 가득 고인 눈으로 계속 나를 바라보고 있었다.

"종양이 암이랑 같은 건가요?"

"그건 아직 몰라, 윌."

나는 이렇게 대답하고 흐느끼기 시작했다.

"의사 선생님들도 그걸 떼어내서 현미경으로 세포를 살펴보기 전에는 확실하게 알 수 없다고 하셨어."

한나는 말없이 우리를 지켜보고 있었다.

"혹시 결과가 나쁘게 나오더라도 우리한테 얘기해 주실 거죠, 엄마?"

윌이 물었다.

한나는 등을 꼿꼿하게 펴고 앉아 눈 한번 깜빡 안 하고 내 눈을 들여다보았다. 나는 심호흡을 했다. 클로드가 곁에 없는 게 아쉽기만 했다. 하지만 곁에 있다 해도 뾰족한 수는 없었을 것이다. 자기는 무슨 말을 어떻게 해야 할지 모르겠다고 미리 나에게 얘기했었다. 나는 클로드가 솔직하게 말해 준 게 고마웠다. 우리가 서로 차이를 인정하고 존중해야 할 때가 있다면 지금이 바로 그때라는 것을 나 또한 알고 있었다. 클로드와 나는 어두운 바다 한가운데서 일인용 구명보트를 같이 타고 떠도는 두 사람 같았다.

윌과 한나는 여전히 내 대답을 기다리고 있었다.

"그래, 윌."

내가 말했다.

"안 좋은 결과가 나오더라도 너희들에게 사실대로 말해 줄게."

한나는 미소를 지으며 등을 도로 베개에 기댔다.

"고마워요, 엄마."

윌이 내 목을 와락 끌어안고 말했다.

"엄마, 사랑해."

한나가 말했다.

"엄마도 너희를 사랑한단다."

내가 할 수 있는 말은 이것뿐이었다.

복도의 아이 쇼드라

우리의 세계는 병원 한 층 크기로 줄어들어 있었지만 그런 것쯤은 문제가 되지 않았다. 내 머리는 기저귀 값 같은 더는 기억할 필요가 없는 사실들을 약 복용량 같은 새로운 사실들로 바꿔 입력하느라 분주했다. 다른 것들에는 신경쓸 여유가 없었다.

한나는 잠을 이루지 못했다. 우리는 우리의 새 동네를 산책하기로 했다. 한나가 침대가로 다리를 내릴 때, 나는 얼른 달려들어 한나의 발이 바닥에 닿기 전에 구두코에 걸린 정맥 주사줄을 풀어냈다.

"잠깐만 기다리세요, 아가씨."

나는 정맥 주사 펌프의 전원 플러그를 뽑기 위해 몸을 숙이며 말했다. 정맥 주사 펌프에서 삐삐거리는 소리가 나기 시작했다. 나는 '음소거' 버튼을 누르고 전깃줄을 정맥 주사 폴에 둘둘 감았다.

"빨리 해, 엄마."

한나가 경중거리며 재촉했다.

"아기 숀드라가 우는 소리가 들려. 자기 엄마를 찾나봐."

나는 정맥 주사 폴을 끌어내고 줄이 어디에 걸리지 않았나 확인했다.

"그래, 이제 다 됐어."

한나는 한 손으로는 내 손을 잡고, 다른 손으로는 잠옷이 바닥에 끌리지 않도록 공주처럼 옷자락을 들어 올렸다. 내가 그 거추장스런 장비를 밀고 다녀야 하는 통에 우리는 느릿느릿 복도를 걸었다. 한나의 방에서 오른쪽으로 돌면 물품 수납실과 회의실이 있었다. 우리는 그곳을 지나 소아과 집중 치료실 앞에서 걸음을 멈췄다. 치료실 문은 열려 있는데 안에 사람은 없었다.

"잘 봐둬, 한나야. 내일 수술이 끝난 다음에 이 방에서 깨어나게 될 거야."

한나가 방 안으로 걸음을 옮겼다. 나도 따라 들어갔다. 인공호흡 장치와 모니터, 호흡용 튜브, 치료에 필요한 물품들이 비치된 카트들이 벽 쪽으로 늘어서 있었다. 방에서는 응급실과 비슷한 냄새가 났다. 한나가 이 방에 있는 모습을 상상하기는 쉽지 않았다. 나는 억지로 그 모습을 그려보았다.

"넌 이 침대들 가운데 하나에 누워 있게 될 거야. 그리고 엄만 네 침대 옆에 있는 저 파란 의자에서 잘 거고. 네 몸에 튜브가 연결될 텐데, 어떤 튜브는 네가 숨쉬는 걸 도와주고 어떤 튜브는 잠자는 걸 도와줄 거야. 여기에 있는 기계들에서 삐삐, 칙

칙, 시끄러운 소리가 날 거야. 하지만 걱정할 것 없어. 간호사 한 명이 우리와 함께 있으면서 아무 탈 없게 돌봐줄 테니까."

"캐티 간호사 언니나 에이미 간호사 언니가 우리랑 같이 있으면 좋겠어."

한나가 말했다.

"그리고 내 빨간 구두를 신고 수술실에 가고 싶어. 의사 선생님들한테 꼭 얘기해 줘."

"얘기해 볼게, 한나야. 하지만 그래도 된다고 하실지 모르겠구나."

"그건 너무 심해."

한나가 발로 바닥을 쾅 구르며 소리쳤다.

"수술실은 규칙이 너무 많아. 저녁밥도 못 먹게 하지, 내 잠옷도 못 입게 하지, 내 빨간 구두도 못 신게 하지. 그건 너무 심하다구."

한나가 말했다.

"무슨 말인지 알아, 한나야. 정말로 규칙이 너무 많지? 엄마가 네 말을 잘 전해주고, 무슨 수가 있는지 알아볼게."

우리는 산책을 계속했다. 놀이방을 지나고 모퉁이를 돌아 도서실에 잠시 들러 책을 한 권 고른 다음 다시 모퉁이를 돌았다. 그러자 우리 동네에서 가장 복잡한 거리가 나왔다. 아픈 아이들과 그 가족들의 방이 줄줄이 늘어서 있는 곳이었다. 복도를 지나가는 우리를 몇몇 부모들이 지친 눈길로, 혹은 동정하는 눈길로 바라보았다. 각 방마다 나름대로의 사연이 있었다. 나는 이곳에 있는 사람들이 누구이며 무슨 이유로 여기에 오게 되었는지 알아보려 하지 않았다. 내 사연만으로도 충분히 버거웠다. 한나의 걸음이 빨라졌다. 나는 보조를 맞추려고 애썼다. 내 옆에서 정맥 주사 폴이 달그락거렸다. 한나가 다가오는 것을 보고 간호사들이 탄성을 질렀다.

"아기 숀드라가 널 무척 보고 싶어했어."

간호사 패티가 책상 뒤에서 소리쳤다.

간호사실 앞에 있는 요람에 작은 아기가 누워 있었다. 아기의 울음소리는 주위의 소란에 묻혀 들리지 않았다. 숀드라는 태어난 지 두 달밖에 안 된 아기인데, 투명한 푸른 눈과 진한 갈색 곱슬머리와 장미꽃 봉오리 같은 입술을 지니고 있었다. 숀드라는 심각한 뇌 손상 진단을 받았다. 평생 보거나 듣는 게 불가능할 것이라고 했다.

숀드라의 부모는 간호사들에게 그런 아기를 돌볼 수가 없다고 했다.

병원 측은 입양에 필요한 서류를 보관하고 있었다. 숀드라는 적당한 양부모가 나타날 때까지 병원 복도에서 지내는 수밖에 없었다. 늘 바쁜 간호사들이 우유를 먹이고, 기저귀를 갈아주고, 요람을 흔들어주고, 틈나는 대로 안아주었다. 숀드라는 깨어 있는 시간 대부분을 울음으로 보냈다.

"괜찮아, 아가야, 울지 마."

한나가 요람 위로 몸을 숙여 아기의 일그러진 얼굴에 자기 얼굴을 바싹 대고 말했다.

"곧 엄마가 돌아오실 거야. 그리고 있잖아, 내가 너한테 읽어주려고 책을 가지고 왔어."

숀드라의 울부짖음이 흐느낌으로 잦아들었다. 한나는 숀드라의 볼을 가볍게 쓰다듬고, 꽉 움켜쥔 숀드라의 주먹 속으로 손가락을 밀어 넣었다. 숀드라가 울음을 그쳤다. 내가 숀드라를 요람에서 안아 올릴 때, 간호사들이 슬며시 눈길을 돌렸다. 간호사들은 내가 숀드라를 안도록 두어서는 안 되는 입장이었지만 속으로는 내 도움에 고마워하고 있었다. 나는 아기를 가슴에 꼭 껴안으면서 이 아이의 부모도 나처럼 인생이라는 것에 좌절감을 느꼈을까 하는 의문이 솟구쳤다. 나쁜 일은 나쁜 사람들에게만 생기는 게 아니었던가? 내가, 그리고 이 어린 것들이 이렇게 나쁜 일을 당할 만큼 나쁜 짓을 많이 한 것일까?

한나는 벌써 복도 벽에 등을 기댄 채 맨바닥에 앉아 기다리고 있었다. 나는 조심스럽게 한나 옆에 앉아 아기 숀드라를 우리 무릎 위에 길게 눕혔다. 한나가 책을 들고 첫 장을 펼쳤다.

"옛날 옛날에 어떤 공주가 있었습니다."

한나는 책을 읽는 척하며 자기가 좋아하는 이야기를 지어내기 시작했다.

그러더니 책을 돌려 숀드라의 얼굴 앞으로 바싹 갖다 댔다.

"봐, 숀드라, 보이지? 꼭 너랑 나처럼 예쁘게 생긴 공주야."

한나가 나를 바라보며 생글 웃었다. 나는 한나의 머리에 입을 맞췄다.

"사랑해요, 꼬마 아가씨."

내가 속삭였다.

"알아, 엄마. 나도 알아."

한나도 소근거렸다.

바닥에 앉아 한나가 숀드라의 소리 없는 세계를 향해 지어내는 이야기에 귀를 기울이노라니, 나 또한 들리지 않는 귀에 대고 이야기를 해왔구나 하는 생각이 들었다. 진실은, 세상사는 마땅히 이러이러해야 하는 것 아닌가 하는 내 기대 따위에는 아랑곳하지 않았다. 진실은 있는 그대로일 뿐 달라지지 않았다. 내가 유산을 했기 때문에 한나를 데리고 엑스선 촬영을 하러 갈 수 있었듯이, 지금 일어나고 있는 일들을 좋거나 나쁘게, 공평하거나 공평하지 않게 보이도록 만드는 건 내 기대일 뿐이라는 생각이 들었다. 진실은 귀머거리처럼 내가 떠들어대는 이야기에 반응이 없었다.

한나의 무릎에서 잠든 아기 숀드라를 지켜보면서 나는 또 하나의 사실을 깨우치게 되었다. 어린 여자 아이는 누구나 소중하고 사랑스럽다는 한나의 생각은 단순히 한나가 지어낸 환상이 아니라 진실에서 나온 것이라는 사실을. 사랑은 종양이 있다거나 앞을 볼 수 없다거나 하는 문제보다 중요하다. 사랑은 한나가 확실하게 알고 있는 감정이었다.

클로드와 나

수술 준비실은 소란스러웠다. 병원 관리자로 보이는 사람들이 우리 주위를 부산하게 들락거렸다. 수술실의 큼직한 철제 문이 활짝 열렸다 닫히고, 마취 전문 의사가 나타났다.

한나의 몸은 내 무릎 위에 축 늘어져 있었다. 눈을 뜨고 있기는 했지만, 눈동자는 생기 없이 느릿느릿 움직였다. 한나는 빨간 구두만 달랑 신은 몸으로 분홍색 담요에 싸여 있었다. 한 시간 전, 한나는 병원 가운 입기를 거부했다.

"이건 안 예뻐. 내 구두하고도 안 어울리고."

한나가 말했다.

"아이는 좀 어떤가요?"

마취 전문의가 손가락으로 한나의 손목을 감싸고 맥박을 재며 물었다.

"내 구두."

한나가 힘없이 말했다.

"뭐라는 거죠?"

의사가 물었다.

"선생님이 자기 구두를 벗길까 봐 걱정하고 있습니다."

클로드가 설명했다.

"외과 선생님한테는 구두를 신고 수술실에 들어가도 된다고
허락을 받았거든요."

"아, 그 얘긴 들었어요."

마취 전문의가 말했다.

"한나 넌 아무래도 아주 특별한 환자인가 보구나. 사드 선생
님이 우리한테 특별 지시를 내리셨거든. 네가 빨간 구두를 신
고 있게 해주라고. 특별 지시인데 내가 그걸 잊을 리 있겠니?"

한나가 고개를 끄덕이며 눈을 감았다. 의사는 주사기로 정맥
주사 줄에 또다른 진정제를 주입했다. 한나의 고개가 내 가슴
으로 털썩 떨어졌다. 나는 최대한 오래 숨을 참았다. 한나는 움
직이지 않았다. 수술실 문이 다시 열리고 간호사 둘이 흰 시트
로 덮인 이동식 침대를 밀고 들어왔다. 간호사가 한나를 내 무
릎에서 들어 올렸다. 간호사는 한나를 흰 시트 한가운데 눕히
고 병원 담요로 하반신을 덮어주었다.

나는 한나가 혹시 내 품에서 벗어난 걸 의식하고 있는 징후
가 있나 하여 한나를 찬찬히 살펴보았다. 그러나 한나는 미동
도 하지 않았다. 큼직한 침대 한가운데 푹 파묻힌 한나는 무척
작아 보였다. 나는 한나가 이미 죽었을지도 모른다는 생각을
떨쳐내려 애썼다. 한나가 팔 뻗으면 닿을 거리 이상으로 나와

떨어져보는 건 닷새 만에 처음이었다. 가슴 깊이에서 오열이 터져나왔다. 간호사들이 한나의 이동식 침대를 수술실로 밀고 갈 때 클로드가 나를 끌어안았다. 수술실 문이 열리고 한나와 간호사들이 안으로 들어가자 문은 도로 닫혔다. 클로드와 나는 얼어붙은 듯 그 자리에 서 있었다. 우리 눈앞에서 벌어지고 있는 광경을 도저히 믿을 수가 없었다. 조금 뒤 수술실 문이 열리고 간호사 하나가 나타났다. 간호사가 투명 비닐백에 넣은 한나의 구두를 내게 건네주었다.

"한나가 완전히 마취된 상태에서 구두를 벗겼습니다."

간호사가 말했다.

"잊지 말고 회복실 간호사에게 구두를 전해주세요. 그래야 한나가 깨어나기 전에 도로 구두를 신겨놓을 수 있으니까요."

간호사가 안쓰럽다는 낯빛으로 미소를 지었다.

"한나는 저희가 잘 보살피고 있으니 괜찮을 거예요."

간호사는 부드러운 말로 우리를 안심시키고 수술실로 들어갔다.

클로드와 나는 가족 대기실에 있는 작은 방으로 안내되었다. 의자 두 개와 진실 외에는 아무것도 들어설 여지가 없는 작은 공간이었다.

처음 한 시간 동안 우리는 서로를 끌어안은 채 하염없이 흐느끼기만 했다. 더는 흘릴 눈물도 남아 있지 않게 되고 나서야 우리는 얘기를 나누기 시작했다. 오랜 세월 나는 클로드를 내가 할 수 있는 만큼 깊이, 그러나 불완전하게 사랑했다. 처음 만난 순간부터 나는 그에게 끌렸다. 그는 내가 알고 있는 다른 남자들에 비해 현명하고 신중해 보였다. 그는 진지하고 성실한 데다 외모도 수려했다. 게다가 깊은 상처를 간직하고 있는 것 같고, 때로는 몹시 화가 나 있는 것 같기도 했다. 나 역시 그랬다. 우리가 공유하고 있는 희망과 상처가 우리를 결합시켰다. 내가 아직 대학생일 때 우리는 결혼했다. 당시 그의 나이 스물다섯, 내 나이 스물이었다.

서로 꼭 부둥켜안은 채 외과의의 소식을 기다리던 클로드와 나는 한 가지 사실을 분명히 알고 있었다. 우리에게는 우리 아이들이 세상 그 무엇보다 중요하다는 사실. 우리 아이들은 우리가 함께 있는 이유이고, 그래서 우리는 더 많은 아이를 갖고 싶어한다는 것. 이것은 어떤 의심이나 두려움도 허용하지 않는 명백한 진실이었다.

"되도록 빨리 다시 아기를 갖자."

클로드가 말했다.

나는 그의 어깨에 얼굴을 묻고서 고개를 끄덕였다.

로라제인

우리가 다니는 작은 감리교회에 새로 부임한 목사 로라제인이 한나의 침대를 사이에 두고 나와 마주 서 있었다. 그녀는 그동안 내가 보아온 교역자들과는 사뭇 달랐다. 나이는 서른하나로 나와 동갑이고, 체구는 땅딸막했으며, 단정하게 손질되기를 거부하는 붉고 억센 곱슬머리를 지니고 있었다. 그녀는 초록색 벨벳 롱드레스 차림에 금 십자가 목걸이를 걸고 있었다. 손에는 화장지 한 뭉치를 움켜쥐고 있었다. 눈에 계속 눈물이 고이는 탓이었다.

이틀 전 외과의들이 한나의 배에서 작은 공만한 종양을 들어냈다. 한나는 진정제에 깊이 취한 상태로 산소 호흡기를 꽂고 침대에 누워 있었다. 한나의 분홍색 담요 끝으로 플라스틱 튜브와 빨간 구두코가 드러나 있었다. 침대 위 천장에는 초록색 선이 지그재그로 그려지는 모니터들이 매달려 있었다. 모니터에서 이따금 삐삐 소리가 나고 호흡기가 일정한 간격으로 쉭쉭 소리를 뿜어낼 뿐, 방 안은 고요했다.

로라제인이 고개를 숙이고 기도를 시작했다. 나는 눈을 감고 정신을 가다듬으려 애썼다. 정신이 걷잡을 수 없이 오락가락하고 있었다. 어떤 순간에는 여러 가지 기계가 쏟아내는 쉭쉭, 딸깍딸깍, 삐삐 소리들을 조금도 주눅들지 않고 아주 빠르게 해독해 내는 능력을 발휘하는가 하면, 다음 순간에는 내가 음식을 입에 댄 게 언제인지조차 기억해 내지 못했다.

나에게는 나를 보살펴 줄 사람이 절실하게 필요했다. 한나가 수술한 뒤로 나는 한 번에 두세 시간 이상 자본 적이 없었다. 그리고 어제는 내 몸에서 우리의 죽은 아기가 빠져나갔다. 그렇다고 클로드가 더 많은 것을 해주기를 바랄 수도 없는 노릇이었다. 닷새 동안 여기저기 전화를 걸고, 한나와 나를 찾아오고, 월을 병원으로 놀이 장소로 집으로 데리고 다니고, 이런 저런 뒤치다꺼리를 하고 나더니 클로드도 나처럼 지쳐버렸다.

그나마 친정 어머니가 와 있었다. 어머니와 월은 병원 건너편에 있는 로널드 맥도널드 하우스로 거처를 옮겼다. 로널드 맥도널드 하우스는 놀잇감이 많고, 월을 끊임없이 바쁘게 만들 다양한 활동 프로그램을 갖춘 훌륭한 시설이었다. 클로드는 계속 집에서 잠을 잘 것이다. 어쩌면 잘된 일인지도 모른다. 클로드와 친정 어머니는 오래 전부터 사이가 좋지 않은데 요즘은 내가 중재자 노릇을 할 수도 없는 처지이니 말이다.

모니터들 가운데 하나가 삐삐거리기 시작했다. 그제서야 나는 내가 또 정신을 딴 데 팔고 있었다는 걸 깨달았다. 삐삐 소리가 그쳤다. 나는 다시 로라제인의 기도에 정신을 집중하려고 애썼다. 그러나 때가 늦고 말았다.

"아멘."

로라제인의 기도가 끝나버린 것이다.

나는 눈을 떴다. 로라제인의 뺨을 타고 눈물이 흘러내려, 턱 끝으로 똑똑 떨어지고 있다. 그녀는 꼭 무슨 말을 하려는 듯이 나를 바라보고 있었다. 나는 아직 그녀 입에서 무슨 말이 나올지 넘겨짚을 수 있을 만큼 그녀를 잘 알지 못했다. 요 며칠간 사람들은 내게 말했다.

"하느님은 우리가 감당할 수 있는 만큼만 시련을 주십니다."

나는 로라제인도 같은 말을 하지는 않았으면 싶었다. 사람들이 나를 위로하기 위해 이런 말을 한다는 건 알지만, 한나와 우리 가족에게 일어나고 있는 일이 자비로운 하느님의 계획 가운데 일부라는 사실을 받아들이기가 어려웠기 때문이다. 혹시 사람들이 이런 말을 하면서 자기는 이런 시련을 감당할 수 없으니 하느님이 자기에게는 이런 시련을 주시지 않을 거라고 생각하며 남몰래 자위하고 있는 게 아닌가 하는 의구심마저 들었다.

"나에게는 선택의 여지가 없어요!"

나는 사람들에게 소리치고 싶었다. 나는 고통, 두려움과 담을 쌓을 수 없었다. 고통과 두려움으로부터 등을 돌리는 것은 곧 한나에게 등을 돌리는 일이었다. 무슨 일이 있어도 나는 그 짓만은 하지 않을 생각이었다.

로라제인은 목을 가다듬고 휴지 한 장을 또 빼들었다.

"죄송합니다."

로라제인이 부드럽게 말하고 나서 코를 풀었다.

"하지만 거짓말을 할 수는 없습니다. 저도 한나 어머니가 지금 겪고 계시는 일을 어떻게든 이해해 보고 싶지만, 도저히 이해가 안 되는 일을 이해하는 척할 수는 없으니까요.

제가 목사가 된 것은 하느님을 사랑하고 믿기 때문입니다. 또, 다른 사람들을 돕고 싶어서이기도 하고요. 하지만 지금 한나네 가족이 겪고 있는 일을 보니 저에게 과연 목사가 될 만큼 하느님에 대한 사랑과 믿음이 있는지 확신이 서지를 않는군요. 지금 이 상황은 제가 하느님에 대해 안다고 생각했던 것과 맞아떨어지지가 않습니다. 제가 사랑하는 하느님이 어린아이에게 이런 고통을 겪게 하신다는 것을 믿기가 어렵습니다."

나는 그녀에게 입을 맞추어야 할지 무릎을 꿇어야 할지 알 수 없었다. 이건 너무 불공평하고 말도 안 된다고 내가 신에 대해 느끼고 있던 원망을 자진해서 큰 소리로 말하는 로라제인의 인간적인 모습이 나에게 퍽이나 안도감을 주었다. 순간 나는 깨달았다. 지금 나에게 무엇보다 필요한 건 나를 보살펴줄 사람이 아니라 이 불공평한 현실 앞에서 로라제인처럼 기꺼이 내 편에 서주는 사람이라는 것을.

깊은 침묵

클로드와 나는 회의실로 쓰이는 작은 방의 색 바랜 플라스틱 의자에 앉아 있었다. 캐멀레이커 박사와 그의 파트너인 베켈 박사는 그들 앞의 탁자에 흩어져 있는 서류철과 문서들을 뒤적이고 있었다. 두 사람은 병원 부속 소아 클리닉에서 일하는 소아 종양 학자로, 현재 한나의 담당의였다. 간호사 하나가 소아 클리닉의 사회복지사인 질과 함께 한켠에 앉아 있었다. 이들은 느긋한 표정을 짓고자 안간힘을 쓰는 눈치였지만, 결과는 신통치 않았다. 클로드와 나는 손을 잡고 서로의 의자 다리가 겹쳐질 정도로 꼭 붙어 앉아 있었다.

캐멀레이커 박사가 자기 앞에 있는 서류철에서 길다란 인쇄물 한 장을 집어 들었다.

"이건 캘리포니아 실험실에서 온 보고서입니다."

그가 처음으로 고개를 들고 클로드와 나를 번갈아 바라보앉다.

나는 어느 때보다 평온함을 느꼈다. 진실이 내가 일찍이 경험해 보지 못한 방식으로 다가오고 있다는 걸 알고 있었다.

클로드는 내 손을 더 꽉 쥐고, 거의 내 의자 귀퉁이에 앉아 있는 형국이 될 때까지 자꾸만 내 쪽으로 다가앉았다. 간호사가 고개를 돌렸다. 질은 다리를 꼬았다.

무슨 일인가가 일어나고 있었다. 나는 내 꼬리뼈를 의자에 짓누르는 내 몸의 무게를 느낄 수 있었다. 숨이 내 폐로 들어가고 나오는 것과 가슴 속에서 심장이 세차게 뛰는 것을 느낄 수 있었다. 그러나 내 의식은 내 몸과 생각 너머로 확장되어 있었다. 나는 캐멀레이커 박사의 눈에서 한순간도 눈을 떼지 않았지만, 방 안 전체와, 복도 저 끝 방에 누워 있는 한나와, 병원 건물 전체를 볼 수 있는 감각을 지니고 있었다. 뿐만 아니라 내가 사랑하는 모든 사람과 사물이 보이고, 마침내는 우주 전체가 한눈에 들어오는 것 같았다.

"결과는 우리가 기대했던 것만큼 좋지가 않습니다. 종양이 암으로 밝혀졌습니다. 횡문양 신장 종양(Rhabdoid tumor of kidney)이라고 하는 것입니다. 이 종양은 악성이고 공격적이고 희귀한 것입니다만, 약 25퍼센트 정도는 완화될 가능성이 있습니다. 워싱턴 주에 있는 한 병원에서 15개월 전에 같은 병을 진단받은 어린 여자 아이를 치료해 오고 있는데, 저희가 그 병원 측과 계속 접촉하고 있습니다. 대부분의 환자들이 일 년 안에 죽는 실정을 감안하면, 15개월째 목숨을 부지하고 있는 환자가 있다는 건 좋은 소식이라 할 수 있지요."

캐멀레이커 박사가 말을 마쳤다. 방은 다시 정적에 휩싸였다. 누군가의 의자가 바닥을 긁었다. 누군가는 헛기침을 했다. 네 쌍의 눈이 우리를 지켜보고 있었다. 침묵이 깊어가자 간호사가 힘겹게 눈길을 돌렸다. 클로드는 앞만 바라볼 뿐 말이 없었다.

방이 고요하듯 내 안에도 깊은 침묵이 감돌았다. 내 심장은 진단도 예측도 치료도 할 수 없게 쿵쿵 뛰었다. 나는 한나가 죽으리라는 것을 알고 있었다. 그런데 두렵지가 않았다.

내 두려움이 다 어디로 갔는지는 모른다. 그저 한나가 죽을 것이라면 진실을 직시해야 하며 우리에게 남은 시간을 최대한 잘 써야 한다는 것만 알고 있었다. 또한 나는 알고 있었다. 때가 되면 한나를 되도록 편하게 가게 해주고 싶다는 것을.

나는 입을 열어, 가슴에서 밀려 올라오는 질문에 길을 터주었다.

"캐멀레이커 선생님, 한나가 이제 됐다 싶으면, 그러니까 떠날 준비가 되면 그 아이가 가는 걸 선생님이 도와주시겠어요?"

클로드가 고개를 돌려 나를 바라보았다. 다른 사람들도 마찬가지였다. 캐멀레이커 박사는 대답은 않고 나를 찬찬히 뜯어보았다.

베켈 박사가 대신 말했다.

"우리는 한나의 암이 완화될 수도 있다는 희망을 버리지 않고 있습니다. 한나 어머니께서도 그걸 아시잖습니까? 우린 한나를 도울 수 있는 일이라면 무엇이든 할 생각입니다."

질과 간호사는 그렇다는 뜻으로 힘차게 고개를 끄덕였다.

그들이 내 질문에 반감을 느꼈으리라는 것을 나는 알고 있었다. 내가 질문을 해놓고 나 자신도 놀랐으니까. 속으로는 한나가 죽게 되리라는 걸 알면서도 그 말을 입밖에 내지 않는다고 결과가 달라질까? 나는 그렇게 생각하지 않았다. 나는 한나가 치유될 수 있다는 가능성을 포기한 게 아니었다. 그저 모든 사람이 이미 알고 있는 명백한 진실을 인정하는 것뿐이었다. 우리가 준비가 되었든 안 되었든, 죽음은 우리 모두에게 찾아오게 마련 아닌가. 한나가 죽게 되리라는 사실을 부정한다고 해서 한나의 죽음을 막을 수 없듯이, 그 사실을 아는 게 한나의 죽음을 유발할 리 없었다. 어차피 진실은 그대로일 것이다. 내가 선택할 수 있는 것은 오직 그 진실을 어떻게 대할지 결정하는 것뿐이었다.

캐멀레이커 박사와 나는 여전히 서로를 바라보고 있었다. 그의 눈은 연민의 빛을 띠고 있었다. 그가 마치 내 가슴 속을 훤히 들여다보고 있는 듯한 느낌이었다.

"이 병 앞에 두손들 생각은 없습니다."

마침내 캐멀레이커 박사가 말문을 열었다.

"이 암을 이기기 위해 제가 할 수 있는 일은 뭐든 다 해보겠습니다만, 그래도 성공하지 못할 경우에는 한나 어머니께서 요구하시는 대로 돕겠습니다."

안도의 물결이 나를 휘감았다. 내가 극심한 두려움 앞에서 할말을 할 수 있었을 뿐 아니라 나와 함께 기꺼이 진실을 직시할 사람을 발견한 데서 오는 안도감이었다. 한나가 죽게 된다 하더라도 이제는 나 혼자 외롭게 그 진실을 감당하지 않아도 될 것이다.

빠른 회복

의사들은 한나에게 투여하는 진정제의 양을 차츰 줄인 다음 한나의 목에서 호흡기 튜브를 제거했다. 어쨌든 한나는 잘 견뎌냈다. 한나가 어찌나 건강해 보이던지, 내 눈을 믿을 수가 없었다. 몸무게가 많이 줄고, 목이 쉬고, 호흡용 튜브를 고정시키느라 테이프를 붙였던 뺨의 살갗이 벗겨지기는 했지만, 한나는 월과 함께 웃고, 떠들고, 주스를 마시고, 비디오를 보면서 하루를 보냈다. 나는 플라스틱 대야와 간호사 하나가 여기저기 수소문해 어렵사리 구해다준 샘플용 베이비 샴푸로 한나의 머리를 감겨주기까지 했다. 한나는 머리를 뒤로 넘겨 분홍색 나비 리본으로 묶어달라고 했다.

이제 한나는 일주일 만에 처음으로 고형식을 먹게 되었다.

"저녁 식사 대령입니다!"

간호사가 식판 뚜껑을 들어 올려 으깬 감자와 젤로, 푸딩, 닭

고기 수프를 보여주며 활기차게 말했다.

한나는 눈살을 찌푸렸다. 크게 기뻐할 줄 알았는데 그게 아니었다. 한나는 손가락으로 감자를 쿡 쑤시더니 가슴 앞으로 팔짱을 꼈다.

"호세 언니, 난 이런 거 안 먹어요. 피자 먹고 싶단 말이에요."

간호사는 살짝 웃음을 지었다.

"한나야, 의사 선생님들이 너한테 이런 음식을 주라고 하셨어. 이런 걸 먹어야 네 목이랑 배가 안 아파. 어쩌면 내일은 피자를 먹을 수 있을지도 몰라."

한나는 10초 가량 간호사를 빤히 바라보았다. 간호사는 움직이지 않았다.

"토니 선생님을 불러주세요."

한나가 말했다.

닥터 토니가 방으로 들어오자, 간호사가 사정을 설명했다. 닥터 토니는 한나가 진찰을 거부하던 첫날 아침에 그랬던 것처럼 자기가 들고 있던 차트를 손가락으로 톡톡 쳤다. 그가 한나를 바라보았다. 한나도 그를 마주 바라보았다.

"음, 난 이탈리아 사람이라 네가 피자 먹고 싶어하는 심정을 잘 안단다. 나도 오랫동안 아무것도 못 먹었다면 피자가 먹고 싶었을 거야."

20분 뒤 카페테리아에서 두 번째 식판이 배달되었다. 간호사는 그걸 한나 앞에 내려놓았다. 닥터 토니가 우리 방을 들여다보더니, 입이 귀에 걸리도록 활짝 웃으며 나에게 한쪽 눈을 찡긋해 보였다.

"우와!"

한나가 식판 뚜껑을 들어 올리면서 새된 소리로 탄성을 질렀다. 나는 닥터 토니가 웃은 까닭을 알게 되었다.

식판 한가운데에 피자 두 조각과 초콜릿 아이스크림 한 접시가 놓여 있었던 것이다.

웃음소리

내가 한나를 안고 주차장을 가로질러 응급실로 간 지 꼭 2주일 만에, 우리는 한나를 집으로 데리고 왔다. 아름다운 늦여름 저녁, 우리는 한나를 차에 태우고 집 앞 차도로 들어섰다. 월과 한나는 손뼉을 치며 좋아했다. 그러나 내 가슴 한켠에는 뒤돌아 달려가고 싶은 마음이 도사리고 있었다. 한나의 암을 생각해도 그렇고 내 생활을 생각해도 그렇고 어쩐지 집보다는 병원에 있는 게 더 마음이 놓였다. 차에서 짐 가방을 내리는 클로드의 얼굴에 안도의 빛이 감도는 걸 보는 순간, 그가 모든 것이 정상으로 돌아가기를 기대하고 있나 보다 하는 생각이 들었다. 문제는 무엇이 '정상'인지를 내가 더는 기억할 수 없다는 것이었다.

우리집 현관문을 들어서는데, 집에서 나는 냄새마저 내가 기억하고 있는 것과 달랐다. 나는 이방 저방 기웃거리고 다니면서 내 삶을 새로운 눈으로 보았다. 여기에 살던 여자에게 무슨 일이 일어났지? 여기에 살던 여자가 나라는 걸 믿기 어려웠다. 금요일 오전이면 어머니 모임에 나가고, 아이들을 놀이방에 데리고 다니고, 일요일에는 교회에 가고 하던 나의 예전 일과가 다른 사람의 아름다운 삶이었지 나의 것은 아니라는 생각이 들었다. 막연히 이게 아니라는 건 알겠는데, 무엇이 내 삶이었는지는 도무지 알 수 없었다.

한나 역시 긴가민가 하는 것 같았다. 한나는 천천히 집으로 걸어 들어가 계단을 오르더니 자기 방문 앞에 말없이 서 있었다. 윌은 사람들이 병원으로 보내준 봉제 인형들과 책을 한 아름 안고 한나를 뒤따라 올라갔다.

"한나야, 이것들 놓을 자리 좀 찾아보자."

윌이 말했다.

"좋아."

한나가 대답했다.

클로드가 차에서 짐을 내리는 동안, 나는 거즈, 테이프, 방부제, 식염수 병, 헤파린 병, 주사기 등이 들어 있는 상자들과 '위험물—의료 폐기물'이라고 적혀 있는 선홍색 용기를 들여놓을 자리를 마련하기 위해 세탁실 선반을 치우기 시작했다. 이제는 세탁기 위의 이 공간이, 한나를 돌봐줄 의사와 간호사와 레지던트들이 있는 병원을 대신할 것이다.

한나의 방에서 웃음소리가 새어나왔다.

방 안을 들여다보니 한나의 옷상자 내용물이 바닥에 온통 흩어져 있었다. 윌이 한나의 짐을 풀다가 짧은 금발 가발을 발견한 모양이었다. 윌은 그 가발을 쓰고 그 위에 한나의 인조 다이아몬드 왕관을 얹은 채 방 안을 빙빙 돌며 춤을 추고 있었다. 그 튼실하고 뻣뻣한 몸에 파란색 금속 조각이 촘촘히 박힌 짤막한 발레 스커트를 꿰고서 말이다. 한나는 방바닥에 몸을 구부리고 있었다. 서 있을 수도 없을 만큼 심하게 웃고 있었던 것이다. 나도 웃음을 참을 수가 없었다. 요란한 웃음소리를 듣고 클로드도 계단을 뛰어올라와 함께 껄껄거렸다.

나는 우리의 웃음소리를 들으며 우리가 함께 있다는 안도감, 이런 하찮은 일을 두고 이만한 사랑과 기쁨을 누릴 수 있다는 안도감을 한껏 맛보았다. 그러고 나서 나는 깨달았다. 집이란 언제나 돌아갈 수 있는 낯익은 공간이 아니라, 내가 사랑받고 있다는 것을 알 때 느끼는 아주 좋은 느낌이라는 것을.

한나의 질문

한나와 나는 두 번째 화학치료를 받으러 가기 위해 병원 주차장을 가로지르고 있었다. 한나의 세 번째 생일을 일주일쯤 앞둔 9월 초순이었다. 한나가 내 곁에서 걸음을 옮길 때마다 한나의 빨간 구두가 포장도로에 닿으며 톡톡 소리를 냈다. 한나는 통밀 크래커와 사과 주스가 담긴 인어공주 도시락을 들고 있었다. 나는 한나의 손을 잡고 복잡한 주차장에서 빈자리를 찾고 있는 차들을 피해 걸음을 옮겼다.

"엄마, 아이들도 죽어?"

한나는, 아기가 어디에서 나오는지 알고 싶어할 때와 똑같이, 두렵거나 걱정스런 기색이 전혀 없는 말투로 물었다. 한나는 나를 바라보며 대답을 기다렸다. 나는 주차장에 있는 차들이며 위층에서 우리를 기다리고 있는 정맥 주사 장비 따위는 까맣게 잊었다. 한나의 질문이 순식간에 나를 내 몸 속으로 움츠러들게 했다.

나는 대답하기에 앞서 잠시 머뭇거렸다. 아이들은 죽지 않는 다고, 혹은 죽더라도 그건 아주 드문 일이라 그런 걱정은 안 해 도 된다고 얘기해 줄 수 있다면 얼마나 좋을까. 그러나 그게 진 실이 아니라는 걸 나는 알고 있었다. 또한 한나가 진실을 알고 있다는 것도 알고 있었다. 한나의 질문은 단순해 보이지만, 깊 은 연못의 거울 같은 표면에 떨어지는 단 한 방울의 물과 같은 것이었다. 한나가 정말로 알고 싶은 건 아이들도 죽느냐는 게 아니었다. 한나는 자기가 죽을 수도 있다는 걸 내가 인정할지, 자기가 죽을 수도 있다는 걸 아는 사람이 자기뿐인지 아니면 나 역시 그걸 아는지 궁금했던 것이다.

"그래, 한나야, 아이들이 죽는 경우도 있어."

나는 차분하게 말했다.

연못에 또 한 방울의 물이 떨어졌다. 곰곰이 생각해 볼 겨를 도 없이 내 혀에서 질문 하나가 굴러나왔다.

"아이들이 죽으면 어떻게 되는지 알아?"

내가 물었다.

숨조차 멎은 듯한 침묵이 흘렀다.

"음, 아이들은 하늘나라에 가서 하느님이랑 같이 살아."

한나가 말했다.

한나는 내 손을 더 세게 잡고 토끼처럼 깡총 인도로 뛰어올 랐다.

❖

    진실은 섬뜩하고 무자비하다. 우리가 진실을 바꿀 수는 없지만 그걸 안고 살아가는 방법을 바꿀 수는 있다. 실수를 저지르는 것, 사랑받지 못하는 것, 죽는 것은 인간으로서 피할 수 없다. 그것들에 대한 두려움 또한 마찬가지이다. 그러한 두려움에 용감하게 맞서야만 우리는 그것을 넘어설 수 있게 된다. 우리가 알고 있는 범위 안에서 기꺼이 최선을 다하고 우리 자신과 우리에게 정말로 중요한 사람들에게 정직할 때에만 우리가 사는 삶과 우리가 받는 사랑이 진정 우리 것이 된다.

Joy

아주 평범한 순간들

인어공주 케이크와 세 개의 초

나는 부엌에 서서 다른 방에서 흘러나오는 웃음소리에 귀를 기울였다. 어찌나 안도감이 느껴지던지 울고 싶은 심정이었다. 한나가 암 진단을 받은 뒤 한 달 동안 나는 걱정과 기쁨이 묘하게 공존하는 상태로 이날을 기다려왔다. 한 가지 의문이 시도 때도 없이 고개를 쳐들었다. 이게 한나의 세 번째 생일이 될까, 마지막 생일이 될까? 나는 이번 생일을 간소하게 치러야 할지, 아니면 한나가 두 번 다시 생일을 못 맞을 경우에 대비해 좀더 정성껏 계획을 짜야 할지 고민했다. 한나에게 생일을 어떻게 보내고 싶으냐고 물었더니 이렇게 대답했다.

"인어공주 케이크로 파티를 하고 싶어. 사람들이 너무 많지 않으면 좋겠고, 선물도 너무 많지 않으면 좋겠어."

"더 바라는 건 없어?"

내가 물었다.

"세서미 스트리트 공개방송을 보러 간다든지, 네 친구들을 모두 초대한다든지, 그런 거 말이야."

"아냐, 엄마. 난 인어공주 케이크로 파티를 하고 싶어. 사람들이 너무 많지 않으면 좋겠고, 선물도 너무 많지 않으면 좋겠어."

케이크에 꽂을 초를 찾느라 서랍을 뒤지는데, 아이들이 키득거리며 조잘거리는 소리가 들렸다. 방금 뒤뜰에서 보물찾기를 하고 들어온 아이들은 아직도 흥분이 가시지 않은 모양이었다. 저마다 자기가 '발견한' 인조 다이아몬드가 박힌 왕관이며 금팔찌, 플라스틱 구슬 목걸이 같은 장신구를 걸치고 있었다. 아이들은 나무 막대기와 무지개 색 리본테이프와 반짝이 종이와 풀로 미리 요술 지팡이를 만들어 놓았는데, 지금 그걸로 서로의 머리를 때리고 있었다.

아이 엄마들은 한구석에 서서 커피를 마시며 나지막히 이야기를 나누고 있었다. 이야기에 푹 빠져 있던 엄마들은 이따금 걷잡을 수 없이 요란하게 지팡이를 휘두르는 아이들에게 못마땅한 눈길을 던지곤 했다. 처음의 어색한 분위기는 완전히 가시고 평범한 생일 잔치 분위기가 되어 있었다.

처음에는 아이들이 한나에게 쭈뼛쭈뼛 머뭇거리며 인사를 건넸다. 우리집에 오기 전에 엄마들이 아이들에게, 한나가 수술을 받았으며 아직 몸이 아픈지도 모른다고 귀띔해 주었을 것이다. 엄마들 또한 축하를 해야 할지 위로를 해야 할지 모르겠는지 아이들과 똑같이 엉거주춤 나를 껴안았다. 나는 그들의 마음을 충분히 알 것 같았다. 나조차도 내가 웃고 싶은 건지 울음을 터뜨리고 싶은 건지 분간을 할 수 없었으니까.

그때 나서서 어색한 분위기를 누그러뜨려준 사람은 다름아
닌 한나였다.

"애들아, 너희들 내 흉터 보고 싶니?"

한나가 치맛자락을 붙잡고서 물었다.

"그걸 우리한테 보여주겠다는 거니?"

한나의 친구 재키가 믿기지 않는다는 듯 눈을 크게 뜨고 되
물었다.

"응! 그냥 수술 자국인데, 뭐."

한나는 치맛단을 턱 밑까지 걷어 올려 아직 실밥도 빼지 않
은 흉터를 드러냈다. 흉터는 채찍 자국처럼 시뻘겋게 한나의
배를 가로지르고 있었다. 본능적으로 호기심이 많은 아이들이
우르르 달려들어 흉터를 구경하며 와아아, 우우우, 탄성을 질
렀다.

한 엄마가 나를 보고 속삭였다.

"괜찮으세요?"

나는 웃으며 어깨를 들썩해 보였다.

"한나가 괜찮으면 저도 괜찮아요."

"아프니?"

한 아이가 물었다.

"별로 안 아파."

한나가 대답했다.

"의사 선생님이 약이랑 피자를 주셔서, 아픈 게 훨씬 빨리
나았어."

"우와, 나도 수술하고 싶다."

한 아이가 말했다. 다른 아이들도 같은 생각이라는 뜻으로 고개를 끄덕였다.

잠시 방 안이 고요한가 싶더니 재키가 물었다.

"한나야, 너 놀 수 있어?"

"그럼, 놀아야지."

한나가 말했다.

"지금 파티하던 중이잖아, 안 그래?"

모두 웃음을 터뜨렸다. 어색하던 분위기는 가시고 파티가 시작되었다.

나는 서랍에서 생일초를 찾아, 케이크에 세 개를 꽂았다. 그리고 한 발 물러서서 케이크를 바라보았다. 뿌듯한 마음에 미소가 절로 감돌았다. 이 케이크는 제과점에서 사온 보통 케이크가 아니라 한나와 내가 함께 만든 작품이었다. 케이크 위에, 플라스틱으로 조그맣게 만든 인어공주와 에릭 왕자가 손을 잡고 서 있다. 파란색과 초록색 크림 바다 한가운데 떠 있는 갈색 크림 섬에. 한나가 크림 맛이 다 똑같은지 확인하기 위해 '시식'을 한 탓에 케이크 군데군데에 한나의 집게손가락 크기만한 구멍들이 송송 뚫려 있었다.

나는 초에 불을 붙였다. 이 큰 케이크에 초가 달랑 세 개라니, 초가 너무 왜소해 보였다. 케이크 하나에 초 세 개로는 충분치 않듯이 한 사람의 일생이 3년이라는 세월로 끝나는 건 너무 허무했다. 꾹 참고 있던 눈물이 넘쳐 흘렀다. 나는 눈을 세게 깜작거렸다. 지금 울 수는 없는 노릇이었다. 오늘 하루 중 가장 행복한 순간을 망쳐놓게 될 테니까. 나는 깊이 숨을 들이

쉬고 케이크를 집어 들었다. 그리고 애써 얼굴에 웃음을 띠고 식당으로 들어갔다.

"생일 축하합니다……"

웃고 떠들던 아이와 어른들이 모두 함께 노래를 불렀다. 나는 아이들과 풍선들과 길게 풀어져 있는 두루마리 휴지 따위의 장애물들을 요리조리 피해가며, 사람이나 물건들에 촛불이 옮겨 붙지 않게 케이크를 식탁으로 옮기는 데 신경을 쓰느라 한나가 뭘 하고 있는지는 미처 보지 못했다. 케이크를 식탁에 올려놓고서야 고개를 든 내 얼굴에서 억지로 짓고 있던 웃음이 사라졌다.

모두들 웃고 있는데, 한나만 아니었다. 한나는 심각한 표정으로 거의 꼼짝도 않고 말없이 앉아 있었다. 이 사람에서 저 사람으로 천천히 눈길을 옮길 때마다 고개가 따라 돌아갈 뿐이었다. 마침내 한나의 눈길이 나에게로 향했다. 뭔가 잘못되었다는 생각이 얼핏 머리를 스치고 지나갔다. 한나가 피곤하거나 우울하거나, 그것도 아니면 몸이 감당하지 못할 정도로 흥분이 지나쳤는지도 모른다. 그러나 곧 나는 깨달았다. 한나가 우울하기는커녕 이 순간의 모든 사람, 모든 것을 자기 가슴 속에 꼭꼭 담고 있다는 사실을.

소리만 컸지 음정은 들쭉날쭉인 생일 축하 노래가 끝나자 반짝거리는 눈과 발갛게 상기된 얼굴들이 일제히 한나를 향했다. 한나는 보일락 말락 미소를 지은 채 여전히 그 모든 것들을 가슴 속에 담아 넣고 있었다. 모두들 기다렸다. 오랜 침묵이 흘렀다. 다른 아이들이 참을성을 잃고 꼼지락거리기 시작했다.

"소원을 빌어, 한나야."

누군가 소리쳤다.

한나가 나를 바라보았다. 한나의 눈이 내 가슴에 화인이 되어 찍혔다. 어른들의 얼굴에 이제 웃음기는 없었다. 아이들도 더는 꼼지락거리지 않았다. 모두들 한나를 지켜보고 있었다. 한나는 나를 바라보고 있었다. 방 안에는 정적이 감돌았다. 마침내 한나가 한 숨에 촛불을 껐다. 촛불을 끌 때조차 한나의 눈길은 나에게 머물러 있었다. 나는 어느 누구와 함께 있을 때도 느껴본 적이 없는 강렬한 일체감을 한나에게서 느꼈다.

한나는 한 번의 숨결로 촛불을 끄는 동시에 내 마음을 활짝 열어놓았다. 나는 행복감이나 요란한 웃음이나 억지 웃음을 넘어서는 기쁨이 있다는 걸 알게 되었다. 그 기쁨의 진수는 고요였다. 들이마실 수 있는 깊은 고요, 내 몸 구석구석으로 흘러들어 온몸을 가득 채우는 깊은 고요.

유치원 버스를 타고

나는 그저 고마운 마음에 넙죽 엎드려 절이라도 하고 싶었다. 한나에게서 눈을 뗄 수만 있었다면 그렇게 했을 것이다. 한나는 유치원 버스 창문에서 나에게 손을 흔들고 있었다. 한나가 앉을 자리를 찾으려고 버스 통로 이쪽 저쪽을 기웃거릴 때마다 머리에 쓰고 있는 분홍색 야구 모자가 비스듬히 기울곤 했다.

캐멀레이커 박사에게서, 한나가 확실한 치료법이 알려지지 않은 암에 걸렸다는 얘기를 들은 날부터 클로드와 나는 치료제를 찾기 위해 무슨 짓이든 하고 싶다는 '욕망'과, 한나에게 남아 있는 시간을 의미 있고 알차게 채워줄 '필요' 사이에서 줄타기를 시작했다. 클로드는 몇 시간씩 인터넷과 전화에 매달려 전국의 의사며 의학 전문 사서들과 상담을 하고, 한나의 암에 관해 찾아낸 정보들을 두께 13센티미터쯤 되는 공책에 하나도 빠짐없이 기록해 나갔다. 클로드는 한나의 병이 유별나게 까다로운 엔지니어링 문제와 다를 바 없다고 믿어 의심치 않는 것 같았다. 제대로 된 정보를 손에 넣기만 하면 해결할 수 있을 것 같은 모양이었다.

우리가 처음으로 알게 된 사실들 가운데 하나는 이 암이 대단히 공격적이고 희귀하기 때문에 치료법 또한 그렇다는 점이었다. 우리는 마코프 박사의 원칙에 따라 우리가 현재 가지고 있는 정보의 범위 안에서 가능한 최선의 결정을 내렸다. 뉴욕과 필라델피아에 있는 의사들을 직접 만나보고 그밖의 다른 의사들과 전화 상담을 한 끝에 클로드와 나는 암 진단 이후 15개월째 목숨을 유지하고 있다는 워싱턴 주의 여자 아이에게 사용된 화학치료법을 시도하는 데 동의했다. 화학치료는 우리집에서 불과 25분 거리에 있는 외래환자 클리닉에서 일주일에 한 번씩 받기로 했다. 우리는 캐멀레이커 박사와 베켈 박사를 믿었고, 사회복지사 질이 우리를 도우려고 얼마나 애쓰는지 잘 알고 있었다.

한나가 유치원에 다닐 수 없을 거라는 소식을 내게 전해준 사람은 질이었다. 그녀와 나는 한나가 수술을 마친 뒤 한나의 침대 곁에 앉아 있었다.

"다음 달부터 한나를 유치원에 보내려고 준비하고 계신 것 알고 있습니다."

질이 말했다. 그녀는 목청을 가다듬고 자세를 고쳐 앉았다.

"아시겠지만 화학치료를 받으면 한나의 면역 체계가 심하게 손상될 겁니다."

그녀는 내 팔에 가볍게 손을 얹고 말을 이었다.

"유치원을 다닌다는 건 있을 수 없는 일이에요."

나는 그녀의 말을 마음에 새겨 넣는 데 한참이 걸렸다. 그녀의 말이 옳다는 건 나도 알고 있었다. 그러나 나에게 한나는 무엇보다 세 살짜리 아이였고, 암 환자는 그 다음이었다.

"이해하기 어려우시겠지만, 한나가 이렇게 고생을 했는데 그 아이에게서 유치원마저 빼앗을 수는 없습니다."

내가 말했다.

"한나는 유치원 버스를 타고 친구들과 소풍을 가고 싶어해요. 전 무슨 일이 있어도 그 꿈을 이루게 해줄 작정입니다."

그래도 질은 물러서지 않았다.

"한나 같은 처지에 있는 아이들을 돕는 일이라면 사람들이 발벗고 나설 겁니다. 그러니 사람들의 도움을 받아서 미리 손을 좀 쓰면 그 문제는 틀림없이 해결될 겁니다. 유치원 버스를, 물론 빈 버스를 댁으로 오게 해서 한나를 태워주면 되지 않겠어요? 한나는 차이를 모를 거예요."

나는 웃으며 고개를 저었다. 이번 일에 대해서만큼은 편법을 쓰고 싶지 않았다.

"질, 당신은 아는 게 많지만 빈 유치원 버스를 집으로 오게 해서 한나를 속일 수 있다고 생각하신다면, 그건 한나를 모르고 하시는 말씀입니다."

한나는 세 번째 생일을 치른 다음 주부터 유치원에 다니기 시작했다. 일단 결정이 내려지자, 모두가 일을 되게 만들려고 헌신적으로 노력했다. 한나의 유치원 선생님인 피셔 선생과 포사이스 선생은 한나가 다니는 병원 간호사들과 만나, 한나가 병균에 노출되는 것을 최소화할 수 있는 방법을 논의했다. 피셔 선생과 포사이스 선생은 또다른 유치원생들의 부모들과도 만나 그들이 염려하는 문제나 궁금해 하는 사항들을 해명해 주었다. 병원 접수 담당자인 어슐라는 한나의 검사 일정과 화학치료 일정을 화요일, 목요일 오전 수업과 겹치지 않게 조정해 주었다. 한나는 유치원 생활에 무척이나 적극적이었다. 그로 인해 치료는 우리의 마음을 온통 점령하고 있는 유일한 일이라기보다는 그저 우리의 일정에 덧보태진 주간 행사 정도가 되어버렸다.

피셔 선생은 자기 반 아이들이 버스 계단을 오를 때마다 일일이 머리를 짚어가며 수를 헤아렸다.

"자, 이제 출발해도 될 것 같군요!"

마지막 아이가 차에 오르자 피셔 선생이 소리쳤다.

그녀의 말이 떨어지자, 서너 살짜리 아이들 스물아홉 명이 일제히 와, 하고 함성을 질렀다. 운전 기사가 문을 닫고 시동을 걸었다. 창문 너머로 한나가 자기 앞좌석 등받이를 꼭 잡고 엉덩이를 들썩거리는 게 보였다. 얼굴에 함박웃음이 가득했다. 버스가 출발하자 한나가 내 쪽으로 고개를 돌리고 손을 흔들었다. 나는 그 순간을 놓치지 않고 카메라 셔터를 눌렀다. 덕분에 한나는 지금까지 그 모습 그대로 질의 책상에 놓인 은빛 액자 속에 앉아 있다.

"매일 아침 한나가 유치원 버스 창문에서 저에게 손을 흔들 때마다, 세상에는 내가 알고 있는 것보다 가능한 일이 훨씬 많구나 하는 생각이 들어요."

질이 내게 한 말이다.

손가락그림 그리기

식기 세척기에서 그릇들을 꺼내고 있는데 한나가 춤을 추며 부엌으로 들어왔다. 한나는 반짝이가 들어간 분홍색 수영복을 입고, 생일에 갖고 놀던 요술 지팡이를 흔들고 있었다.

"엄마, 손가락그림 그리기 하자."

한나가 발뒤꿈치를 들고 테이블 둘레를 빙빙 돌며 말했다.

"제바아아알."

나는 허리 통증 때문에 구부정한 자세로 일어섰다. 전날 밤에 사용한 접시들이 아직 뜯어보지 못한 우편물 더미 위에 씻지도 않은 채 쌓여 있었다. 전화 자동 응답기에서는 메시지가 녹음되어 있다는 걸 알리는 불이 깜빡거리고, 빨래 건조기에서는 건조가 다 되었음을 알리는 신호음이 2분 간격으로 울려대고 있었다. 할 일이 산더미 같은데 손가락그림이나 그리고 있을 수는 없었다.

그러나 집안일이 무슨 대수랴. 우리는 잔디가 빽빽하게 자란 뒤뜰에 커다란 이젤을 세웠다. 9월의 햇살이 따사로웠다. 우리는 신발을 벗고 파란 이젤의 연노랑 클립 밑에 하얀 종이를 끼웠다. 한나는 쟁반에 담긴 컵들에다 물감을 준비했다. 딸기처럼 붉은 물감, 바다처럼 파란 물감, 레몬즙 같은 노란 물감, 익지 않은 토마토 같은 초록 물감.

우리는 컵에 손가락을 담그고 꼼지락거렸다.

"물감이 너무 되직해!"

우리는 낄낄거리며 손가락을 들어 올렸다. 걸쭉하고 끈적끈적한 물감이 손끝에서 잔디밭으로 뚝뚝 방울져 떨어졌다. 우리는 물감 묻은 손가락으로 종이에 무지개 색 소용돌이 무늬를 그려 넣었다. 한 작품이 끝나면 다음 작품을 그렸다. 그렇게 반 시간쯤 지났을 때 윌이 학교에서 돌아왔다. 윌은 우리를 보더니 씩 웃으며 가방을 땅바닥에 벗어 던지고 그림판에 뛰어들었다.

그날 밤 늦게, 나는 부엌 테이블에 미지근한 커피 한 잔을 놓고 앉아 찬장 문에 테이프로 붙여둔 그림들을 찬찬히 살펴보았다. 아름다웠다. 나는 정말로 내 그림이 자랑스러웠다. 문득 마음 속의 매듭 하나가 풀리기 시작했다.

여러 해 전부터 그림을 그리고 싶었지만, 먼저 레슨부터 받아야 한다고, 그래야 제대로 그림을 그릴 수 있을 거라고 내 자신에게 말해왔다. 그런데 오늘은 나를 주눅 들게 하는 붓도 팔레트도 없어서인지 두려움이 말 그대로 손가락 사이로 빠져나갔다. 나는 그림 그리는 재미에 푹 빠져들었다.

잔 속의 커피를 빙빙 돌리며 부엌 창문 위로 떠오르는 달을 지켜보았다. 내 살갗 밑에서 전혀 다른 인생이 고동치는 것을 느낄 수 있었다.

네 번째 생일

"엄마, 왜 나는 네 살부터는 생일을 못 맞아?"

우리는 식료품 가게에 갔다 오는 길이었다. 내가 모는 차가 우리집 앞으로 접어드는 순간 한나의 질문이 떨어졌다. 한나의 세 번째 생일을 치렀던 기억과 아이들의 죽음에 관해 한나와 얘기를 나누었던 기억이 한나의 수술 자국처럼 선명하게 내 안에 남아 있었다. 한나의 말투는 착잡하지만 분명했다. 마치 더는 생일을 맞을 수 없는 게 사실인 건 알겠는데 그 이유가 무엇인지만 모르겠다는 투였다.

나는 차를 차고에 넣고 기어를 주차로 옮긴 다음 엔진을 껐다. 그리고 백미러를 보았다. 한나가 내 뒤통수를 바라보고 있었다. 나는 숨을 깊이 들이쉬고 한나에게 고개를 돌렸다.

"한나야, 정말 그렇게 될지 어떨지는 엄마도 잘 몰라."

내 목소리에서 묻어나는 과장된 명랑함이 싫었다.

"네 번째 생일을 치르면 다섯 번째 생일도 맞게 되겠지."

한나는 믿을 수 없다는 눈초리로 나를 빤히 바라보았다. 부끄러움이 불쑥 고개를 내밀었다.

"정말?"

한나가 물었다.

"글쎄……"

나는 머뭇거렸다.

"의사 선생님들이 네 몸을 건강하게 해주려고 아주아주 많이 노력하고 계셔. 네가 생일을 더 많이 맞을 수 있게 말이야."

한나는 고개를 꼿꼿이 들고 웃어 보였다.

"음, 내 생각엔 생일이 또 오지 않을 것 같아."

한나가 말했다. 나한테 대드는 게 아니라 그냥 하는 소리였다.

나는 손을 뻗어 한나의 카시트를 풀어주면서 한나가 어느새 나를 훨씬 앞지르고 있다는 사실을 알게 되었다. 내가 할 수 있는 일이란 한나를 따라잡게 해달라고 기도하는 것뿐이었다. 한나가 뭘 더 알고 있는지 의문스러울 따름이었다.

수영장에서

한나와 나는 YMCA 수영장의 커튼으로 가려진 탈의실로 들어
갔다. 서두를 생각은 없었지만, 클로드와 윌을 필요 이상으로
오래 기다리게 하고 싶지도 않았다. 한나와 나는 방금, 젖은 수
영복을 벗어버린 터라 둘 다 알몸 상태였다. 한나는 내가 머리
에 터번처럼 둘러준 수건이 자꾸 눈 위로 흘러내리자 재미있
다는 듯 키득거렸다. 한나는 등을 벽에 기대고 나무 벤치에 앉
아 있었다. 나는 한나 앞에 무릎을 꿇고 앉아 있었다. 벤치의
한나 옆자리에는 무균 투명 팩에 담긴 의료 폐기물들이 널려
있었다.

한나의 가슴에는 정맥 주사를 맞을 때마다 혈관을 확보하지
않아도 되도록 브로비악 도관(Briviac catheter; 중심 정맥에 삽입
되는 관의 일종. 반복해서 정맥 주사를 맞아야 하는 환자들에게
유용하다. 옮긴이)이 삽입되어 있었다. 이 도관은 하루에도 몇

번씩 세척해 주어야 하고, 관이 삽입된 자리는 세균이 번식하지 못하도록 최대한 깨끗하게 유지해야 했다.

캐멀레이커 박사는 나를 이 일의 유일한 책임자로 지정했다. 그는 간호사와 레지던트들에게조차 브로비악 도관에 손을 대지 말라고 지시했다. 브로비악 도관을 한 사람이 맡아서 관리할 경우 합병증의 위험이 현저하게 줄어든다는 것이다. 캐멀레이커 박사의 이런 결정에는 나를 어엿한 의료진의 한 사람으로 인정한다는 의미도 들어 있었다.

그가 취한 이례적인 조치는 비단 이것만이 아니었다. 한나와 내가 YMCA의 탈의실에서 젖은 몸으로 키득거리고 있다는 사실 자체가 그의 인간성과 융통성을 입증해 주는 것이었다.

한나가 수영보다 더 좋아하는 건 없다고 해도 과언이 아니었다. 한나는 풀 가장자리에 서서 무릎을 굽히고 팔을 앞뒤로 흔들며 "하나, 둘, 셋, 출발!"을 외치고는 물 속에서 팔을 벌린 채 기다리고 있는 클로드의 품으로 뛰어들곤 했다. 뛰어들 때 물이 많이 튀기면 튀길수록 좋았다.

한나는 끈으로 등에 묶은 밝은 오렌지색 풍선의 도움으로 물 표면에 떠올라 가장자리로 헤엄쳐 온 다음 풀 모서리로 꼼지락 꼼지락 기어올라 다시 물 속으로 뛰어들기를 되풀이했다. 우리는 늘 한나보다 먼저 이 놀이에 실증이 나곤 했다. 그럴 때면 한나는 "아빠, 딱 한 번만 더!" 하고 졸라댔다.

우리는 캐멀레이커 박사에게 이런 사정을 얘기하며 어떻게 해서든 한나가 계속 수영을 할 수 있게 해주어야 한다고 주장했다. 캐멀레이커 박사는 크게 염려했다. 물론 많은 사람이 이용하는 대중 수영장은 세균의 온상이라는 생각 때문이었다. 나는, 한나를 불필요한 위험에 노출시키고 싶지는 않지만 그렇다고 해서 한나의 즐거움을 뒷전으로 미뤄둘 마음 또한 없다고 말했다. 한나가 다시는 수영을 하면 안 된다고 생각하는 게 수영을 하다가 세균에 감염될 수도 있다고 생각하는 것보다 훨씬 위험해 보였다.

캐멀레이커 박사는 조용히 내 말을 듣고 나서 창밖을 물끄러미 내다보았다. 마침내 박사는 자리에서 일어나 비품 캐비닛을 열고 뭔가를 찾기 시작했다. 잠시 후 박사는 방수 패치 상자를 들고 활짝 웃는 얼굴로 나타났다.

"이걸 쓰면 되겠어요."

캐멀레이커 박사가 말했다.

"그리고 한나가 수영을 하기 전과 하고 난 후에 도관이랑 도관 마개랑 삽입 부위를 깨끗하게 소독해 주십시오. 몇 번 이렇게 해봐서 감염이 되지 않으면, 저도 한나가 계속 수영을 하는 데 찬성하겠습니다."

이제 나는 소독용 고무장갑을 꼈다. 한나가 다른 고무장갑 한 짝을 집어 나에게 건네주었다.

"이걸로 토끼 만들어 줘, 엄마."

한나가 사정했다.

"좋아, 딱 하나만이다."

나는 고무장갑의 손목 부분을 엄지와 검지로 감싸 쥔 다음 입에 대고 불었다. 라텍스 가루 때문에 입술에 쓴 맛이 느껴졌다. 손가락들에서부터 시작해 고무장갑 전체가 팽팽하게 부풀어 올랐다. 초보자와 전문가의 실력 차이가 드러나는 대목은 지금부터였다. 나는 공기가 새어나가지 못하게 손가락으로 장갑 손목 부분을 꽉 죄고서 비틀어 묶었다. 한나는 신이 나서 꺅꺅 소리를 지르고 나에게 입을 맞췄다.

"엄마, 고마워!"

"그 정도 가지고, 뭘!"

나는 웃으며 말했다.

"자, 이제 이 브로비악을 소독하자."

내가 주사기 두 개에 각각 헤파린과 식염수를 채우는 동안 한나는 알콜 솜 네 봉지를 뜯어 조심스럽게 벤치에 내려놓은 다음, 브로비악의 튜브를 끝부분에 손이 닿지 않게 들어 올렸다. 나는 튜브 끝에 끼우는 마개를 알콜로 닦고 첫 번째 주사기를 집어 들었다. 그리고 주사기를 더 밝은 빛에 비춰보려고 머리 위로 들어 올리고서 공기 방울이 끝으로 모이도록 손가락으로 주사기를 톡톡 쳤다. 그런데 내가 막 주사기 안에 남아 있는 공기를 빼내기 위해 플런저를 누를 때 커튼이 스르륵 열렸다.

파란 꽃무늬 수영복을 입은 여자가 커튼 자락을 쥐고 있었다. 여자의 눈이 커지면서 시선이 벤치에 있는 거즈 패드와 약병들에서 한나와 브로비악과 내 고무장갑과 내가 들고 있는 주사기로 천천히 움직였다. 여자는 말없이 커튼을 닫았다. 여자가 한 걸음 물러서서 잠깐 동안 가만히 서 있는 게 보였다. 조금 뒤 여자는 돌아서서 문 쪽으로 걸어갔다. 문이 열렸다 닫히는 소리가 들렸다. 나는 한나에게로 고개를 돌렸다.

한나는 장난기 어린 얼굴로 웃고 있었다.

"엄마, 저 아줌마 되게 놀랐나 봐!"

한나가 말했다.

"벌거벗은 사람을 한 번도 본 적이 없어서 놀랐나?"

산책하기 좋은 날

나는 일기에 이렇게 적었다.

'암담한 날.'

종양이 재발했다. 엑스선 정기 검사에서 종양이 다시 발견되었다. 8주간의 화학 치료에도 불구하고 원래 있던 종양의 미세 세포들이 한나의 왼쪽 폐 아래쪽으로 옮겨가 증식했다. 엑스선 필름에 그 부분이 검은 점으로 나타났다. 수술로 생긴 상처가 이제 겨우 아물었다 싶었는데 말이다.

클로드와 나는 곤혹스런 결정을 내려야 하는 처지가 되었다. 우리가 아무 조치도 취하지 않는다면 한나는 크리스마스를 못 넘기고 죽을지도 몰랐다. 우리는 아직 한나를 보낼 준비가 되어 있지 않았다. 마코프 박사의 원칙에 따라 우리는 종양을 제거하기 위한 두 번째 수술 일정을 잡고 한나가 자가 골수 이식을 받도록 결정했다. 다른 실험적 치료법들도 있기는 했지만 그런 치료법을 선택할 경우 얼마가 됐건 한나가, 남아 있는 시간 대부분을 병원에서 보내야 했다. 그건 우리가 바라는 바가 아니었다. 골수 이식이 위험과 희망을 반반씩 제공하지만 그 정도는 우리가 감당할 수 있다는 결론을 내렸다. 그밖에도 우리는 종양이 또 재발할 경우 한나를 보내주기로 결정했다.

클로드와 내가 서명해야 하는 수술 동의서에 명시된 내용은 역설 그 자체였다. 한나가 받게 될 수술이 치료를 보장하는 것은 아니며, 이 수술로 인해 한나가 죽을 수도 있다는 내용이었다. 모종의 기적이 일어나 한나가 성인이 될 때까지 목숨을 부지한다 해도 의술의 개입 없이는 신체적으로 사춘기에 진입할 수 없고, 아기를 낳지 못할 것이라고 했다.

우리와 상담한 한 의사는 한마디로 이렇게 정리했다.

"제가 두 분 입장이라면 이런 것들이 문제가 될 때까지 한나가 건강하게 살아주기를 기도할 겁니다."

수술 전날 한나와 공원으로 산책을 갈 때, 나는 이런 것들에 대해서는 생각하지 않았다. 스웨터를 걸치면 딱 좋을 날씨였다. 오후의 따스한 햇볕과 상쾌한 가을바람, 발밑에서 바스락거리는 누런 단풍잎들. 나는 내 손을 감싸쥔 한나 손가락의 온기를 느끼며, 공주 옷을 입고 병원에 가겠다고 조잘거리는 목소리의 고저장단에 귀를 기울였다. 한나가 걸음을 옮길 때마다 털모자에 달린 자줏빛 방울이 달랑거렸다.

나는 그 순간의 모든 것을 찬찬히 음미하며 내 안으로 한껏 빨아들였다. 할 일도, 할 말도, 더 바랄 것도 없었다. 살아 있는 게 고맙고, 아직 한나가 곁에 있는 게 더없이 행복했다. 나는 견딜 수 있는 만큼 오래 숨을 참았다. 오늘 이 순간의 기쁨이 내 폐부에 깃들어 지난날의 암울했던 순간들 속으로 스며들었으면 하는 마음이었다.

신데렐라

한나가 두 번째 수술을 받고 나서 일주일 뒤 우리는 집으로 돌아왔다. 한나는 집에 온 걸 기념하는 뜻으로 거실 바닥 한가운데서 재주넘기를 두 번 했다. 너무 뜻밖의 일이라 말릴 겨를도 없었다. 나는 그저 눈을 질끈 감고 몸을 움츠렸다.

집에 온 지 사흘이 지나서부터는 나까지도 의사니 치료니 암이니 하는 것들로부터 백만 마일은 떨어져 있는 듯한 느낌이었다. 클로드와 나는 푹신한 의자에 봉제 인형처럼 널브러져 있었다. 성능 좋은 냉방 장치가 고맙기 그지없었다. 우리의 짐 꾸러미는 두 개의 2인용 침대 중 하나에 아무렇게나 팽개쳐져 있었다. 월과 한나는 커튼을 헤치고 14층 창문에 코를 바싹 갖다 댔다.

"저기 좀 봐, 오빠."

한나가 소리를 질렀다.

"신데렐라 궁전이 보여! 신데렐라가 집에 있으면 좋겠다!"

"꿈 깨, 한나야. 신데렐라는 세상에 없어."

윌이 기다렸다는 듯이 말했다.

"있어, 오빠. 두고 보라구."

한나가 씩씩거렸다.

"엄마, 아빠, 빨리 가요. 더는 못 기다리겠어요."

윌이 말했다.

클로드와 나는 서로 마주보고 웃었다. 알람시계가 뉴저지에서 새벽 네 시 반에 우리를 깨웠다. 30분 뒤 우리는 리무진을 타고 여섯 시가 채 못 되어 공항에 도착했다. 윌과 한나는 올랜도로 오는 동안 비행기 안에서 푹 잤다. 공항 개찰구에서 만났던 어떤 친절한 부부가 우리의 임대 자동차로 다가오더니 한나에게 '소원을 이루어주세요'라고 적힌 배지를 달아주었다. 우리는 정오가 되기 전에 호텔에 들어왔다.

종양 재발은 한나에게 비용이 얼마가 들든 디즈니랜드로 여행할 수 있는 권한을 주었다. 휴식을 갖는다는 것은 반갑고 고마운 일이었으나 우리가 느끼는 편안한 기분은 일시적인 것일 뿐이었다. 한나의 골수 이식 일정이 이미 다음 주로 잡혀 있었다.

클로드와 나는 가까스로 몸을 일으켜 세웠다.

"와, 만세!"

윌과 한나가 한목소리로 외쳤다.

우리는 모노레일을 타고 마법의 왕국으로 갔다. 우리가 처음 들른 곳은 신데렐라 궁전이었다. 해자를 건너고 작은 망루가 있는 궁전 입구를 지나 타일 모자이크로 장식된 응접실로 들어서자, 마치 '그후로 오래오래 행복하게 살았대요' 하는 마법 속으로 빨려드는 느낌이었다. 그게 실제가 아니라는 걸 머리로는 알고 있었지만, 사실 여부를 떠나 고마운 마음부터 들었다.

응접실 끝에 있는 연회장에서 흥에 들뜬 사람들의 목소리와 그릇 딸그닥거리는 소리가 흘러나왔다. 우리 주위에 있던 사람들의 발길이 대부분 그곳으로 향했다. 클로드 역시 예약을 안 한 사람도 자리를 잡을 수 있는지 알아보겠다며 그쪽으로 갔다. 윌과 한나는 뒤에 처져서 벽에 늘어서 있는 갑옷과 투구들을 넋을 잃고 바라보았다. 별안간 한나의 몸이 얼어붙듯 굳어졌다. 발목까지 오는 파란 가운을 입고 금발을 보석 박힌 왕관 뒤로 동그랗게 말아 올린 날씬한 여자가 어떤 방에서 나와 조용히 한나 앞으로 다가왔던 것이다. 윌의 입이 떡 벌어졌다.

"신데렐라야."

윌이 속삭였다.

신데렐라가 한나 앞에 무릎을 굽히고 앉았다.

"안녕, 난 신데렐라야."

여자가 상냥하게 말했다.

"넌 이름이 뭐니?"

한나는 꼼짝도 하지 않았다. 한나의 눈이 신데렐라의 머리에 얹힌 왕관과 웃음 띤 얼굴과 풍성하게 부푼 치마를 거쳐 치맛단 밑으로 살짝 드러난 유리 같이 투명한 구두로 내려왔다.

"한나예요."

마침내 한나가 말했다.

"우리 오빠는 윌이고요."

한나가 윌을 가리키며 덧붙였다. 조금 있다가 한나가 신데렐라 쪽으로 몸을 기울이고 속삭이는 투로, 그러나 옆 사람들에게 다 들리는 큰 소리로 말했다.

"우리 오빠는 신데렐라가 진짜로 있다는 걸 몰랐지만 저는 알았어요."

윌이 머쓱해져서 눈알을 굴렸다. 그러자 신데렐라가 윌에게 한쪽 눈을 찡긋해 보였다.

"괜찮아, 윌."

신데렐라가 말했다. 윌은 그제야 마음이 놓이는지 수줍은 미소를 지었다.

신데렐라가 다시 한나에게로 눈길을 돌렸다.

"몸은 건강하니, 한나야?"

신데렐라가 물었다.

"얼마 전에 수술을 했어요."

한나가 조용히 말했다.

"수술 자국 보여드릴까요?"

나는 신데렐라가 벌써 한나 가슴에 달려 있는 '소원을 이루어주세요' 배지를 본 게 아닌가 생각했다.

"좋아."

신데렐라가 상냥하게 말했다.

한나는 천천히 옷자락을 들어 올렸다. 신데렐라는 한나의 배를 보더니 아무 말없이 팔을 벌렸다. 한나가 신데렐라의 품에 안겼다. 신데렐라는 한나를 안고서 한나의 어깨 너머로 나를 바라보았다. 눈물 가득 고인 눈으로.

"이걸 나한테 보여줘서 고마워, 한나야."

신데렐라가 속삭였다.

한나는 신데렐라의 품에서 나와 신데렐라에게 뽀뽀를 했다.

"뭘요."

한나가 말했다.

신데렐라는 일어서서 마스카라 칠한 속눈썹을 손가락으로 살짝 문지르고 치마를 매만져 주름을 폈다. 윌이 한 발 앞으로 나가 손을 내밀었다.

"만나서 반가워요, 신데렐라."

윌이 말했다.

"나도 반가워, 윌."

신데렐라가 윌의 손을 잡고 말했다.

한나는 두 사람 둘레를 깡충깡충 숨 가쁘게 뛰어다녔다.

"그것 봐, 오빠."

한나가 소리쳤다.

"내가 뭐랬어. 신데렐라가 진짜로 있다고 했잖아."

"그래, 네 말이 맞아."

윌이 신데렐라에게 눈을 찡긋해 보이며 말했다.

윌과 한나를 데리고 연회장으로 가면서 나는 입 꼬리가 귀에 걸리도록 웃고 있었다. 신데렐라가 예쁘게 차려 입은 아이오와 출신의 아가씨라는 건 문제가 되지 않았다. 우리가 신데렐라와의 만남에서 경험한 기쁨은 진짜였고, 그런 기쁨을 경험할 수 있었다는 게 나에게는 마술과도 같은 일이었다.

비밀

우리는 한낮의 뜨거운 햇볕과 햇볕에 벌겋게 익은 관광 인파를 피해 잠시 휴식을 취했다. 윌과 한나는 방바닥에 책상다리를 하고 앉아 디즈니 만화를 보았다. 클로드의 눈은 이미 감겨 있었다. 나는 클로드 옆에 큰대자로 누워 손으로 배를 더듬었다. 몸은 피곤하지만 마음은 흡족했다. 내 안에 새로운 생명이 자라고 있었다.

우리가 플로리다로 떠나기 전날 나는 임신 테스트 막대에 붙은 하얀 패드에 붉은 선이 나타나는 것을 확인했다. 클로드와 나는 부둥켜안고 울었다. 전에 임신을 했을 때와는 뭔가 다르게 느낌이 좋았다. 격한 흥분 같은 건 없었다. 그저 잔잔한 만족감과 모든 것을 하늘의 뜻에 맡기겠다는 겸허한 마음이 있을 뿐이었다. 이번 임신이 내가 아니라 하느님에게 달렸다는 것을 나는 알고 있었다.

우리는 임신 사실을 아무에게도, 우리 아이들에게조차 알리지 않기로 결정했다. 8주간의 고비를 넘기고 크리스마스까지 무사하면, 그때 가서 임신 소식을 알리기로 했다.

눈을 감고 막 잠이 들려는 찰나에 작은 손 하나가 내 어깨를 흔들었다.

"엄마, 자는 거야?"

한나가 내 귀에 대고 큰 소리로 속삭였다.

나는 무거운 눈꺼풀을 들고 몇 차례 눈을 껌벅거렸다.

"아니. 왜?"

"엄마, 죽은 아기에 대해 하고 싶은 말이 있어."

한나가 대답했다.

"어떤 아기?"

나는 한나에게 침대로 올라오라는 손짓을 하며 물었다.

한나는 나에게 꼭 달라붙어 머리를 내 턱 밑에 묻었다.

"엄마 뱃속에 있던 아기, 몸이 약해서 태어나지 못한 아기 말이야."

한나가 말했다.

나는 고개를 끄덕였다.

"엄마, 그 아기 잃은 거 슬퍼하지 않아도 돼."

한나가 한 손을 내 배에 올리고 내 눈을 들여다보며 열심히 말했다.

"하느님이 벌써 우리한테 새 아기를 만들어주고 있으니까."

나는 입을 열었다 도로 다물었다. 무슨 말을 해야 좋을지 알수 없었다. 한나가 짐작으로 하는 얘기라면 비밀이 탄로나지 않게 거짓말을 해야 할 것이고, 정말로 알고 하는 얘기라면 그야말로 무슨 말을 해야 할지 난감했기 때문이다.

　나는 활짝 웃고 앉아 있는 한나를 보며 이번 일은 대꾸하지 않고 그냥 넘기기로 마음먹었다. 그저 어떻게 해야 좋은지 답을 알 수 없는 많은 일들 가운데 하나겠거니 하고서.

크리스마스 선물

크리스마스에 딱 맞춰 밖에는 눈발이 흩날리고 있었다. 가지에 깜찍한 장식과 전구들을 매단 자그마한 인조 나무가 병실 한 구석에 서 있고, 그 옆에 책이며 퍼즐, 동물 봉제 인형, 바비 인형 같은 것들이 쌓여 있었다. 창문은 온통 양말, 캔디 지팡이, 별 따위의 크리스마스를 상징하는 스티커들로 뒤덮였다. 빨간 색종이와 초록 색종이로 고리를 만들어 엮은 사슬이 병실 한 쪽 끝에서 다른 쪽 끝까지 늘어져 있었다.

베들레헴의 은총이 우리 동네에까지 미친 것 같았다. 한나가 아직 살아 있고, 내 태중의 아기 또한 살아 있었던 것이다.

한나와 나는 세균들과 세상으로부터 떨어져 세 평 남짓한 방에서 3주를 보냈다. 이 병원은 우리집에서 차로 한 시간 반이 넘게 걸리는 거리에 있지만, 내가 한나와 24시간 함께 있으면서 골수 이식을 받을 수 있는 시설을 갖춘 곳은 우리 지역에서 오직 이 병원뿐이었다. 무슨 일이 있어도 병원 측의 허락을 얻어 내가 한나 곁에 있기로 한 것은 클로드와 내가 내린 최선의 결정 가운데 하나였다.

의사들은 남아 있는 암세포들을 파괴하고자 열흘 동안 한나의 몸에 화학약품들을 가득 채워 넣었다. 화학 약품 봉지들은 '위험', '유독성 화학약품', '유해 폐기물' 따위의 글씨가 적힌 형광 오렌지색 경고 스티커들로 뒤덮여 있었다. 간호사들은 그것들을 한나의 정맥 주사 폴에 매달고 나서 한나의 몸에 투여하기 전에 환자 차트를 확인하고 확인하고 또 확인했다.

나는 클로드가 준 작은 공책에 모든 것을 기록했다. 클로드는 한나에게 투여된 모든 약물의 이름과 양과 처치 날짜와 시간을 기록할 수 있도록 공책에 미리 표를 만들어 놓았다. 좀 엉뚱하지만 그 공책이 한나 삶의 마지막 해를 기록한 일지가 되었다.

약품 봉지 하나가 비워지자마자 그 자리에 다른 봉지가 걸렸다. 약품 봉지가 바뀌기가 무섭게 한나의 몸 상태가 급격히 나빠지기 시작했고, 그 모습을 보면서 클로드와 내가 일생일대의 실수를 저질렀다는 생각이 들기 시작했다. 화학약품들은 한나의 배를 아프게 하고 입과 목과 내장을 바짝바짝 타들어가게 만들었다. 뿐만 아니라 머리칼은 한 움큼씩 빠져, 급기야는 민둥 머리에 머리털 몇 올만이 듬성듬성 매달려 있는 지경이 되었다. 살갗에는 1인치 간격으로 벌건 뾰루지가 울퉁불퉁 돋았다. 뾰루지 바로 밑 부분 살은 꽃가루 색으로 변했다.

욕창과 감염을 최소화하기 위해 의사들은 하루에 다섯 번씩 한나를 목욕시키라고 지시했다. 간호사들이 병실 한가운데에 파란 플라스틱 욕조를 설치해 주었다. 내가 한나의 아픈 몸을 침대에서 들어 올릴 때마다 한나는 훌쩍거리며 신음했다. 몇 번인가 나는 이 모든 미친 짓에 조용히 반기를 들었다. 사실은 한나를 자게 두었으면서 간호사들에게는 목욕을 시켰다고 거 짓말을 했다.

치료를 시작한 첫 주 동안은 한나의 상태가 더 나빠지지 않 기를, 한나의 몸이 탈진과 고통에서 벗어나 안정을 취할 수 있 기를 날마다 기도했다.

그러나 화학치료를 끝내려면 한나의 백혈구 수치가 거의 영 까지 떨어져야 하며 그 목표치에 다가갈수록 한나가 더 아플 것이라는 의사들의 말을 듣고부터는 한나가 아프기를, 이 미친 짓을 끝내기에 충분할 만큼 아프기를 기도하기 시작했다.

마침내 한나의 눈에서 빛이 거의 꺼져갈 즈음 화학약품 봉지 들이 내려지고, 미리 뽑아놓았던 한나 자신의 골수가 브로비악 도관을 통해 한나의 정맥으로 주입되었다. 병실은 열에 들뜬 한나의 몸이 내뿜는 숨막히는 냄새—화학치료 약품들과 골수 방부제 냄새가 뒤섞인 것—로 가득했다. 역한 냄새 때문에 폐 와 콧구멍이 얼얼해서 숨쉬기가 고통스러웠다. 나는 죽음의 골 짜기에서 풍기는 냄새가 어떤 것인지 알게 되었다. 발효된 토 마토 주스 냄새, 그것이었다.

며칠 동안 한나는 죽은 듯이 침대에 누워 있었다. 빨대로 물 한 모금 마시는 것조차 힘이 드는 지경이었다. 한나의 백혈구 수가 계속 느는지 확인하려고 간호사들이 네 시간 간격으로 피를 뽑아 갔다. 한나의 몸에서 피를 뺄 때마다 나는 숨이 멎는 것 같았다. 한나의 세포들이 서서히 되살아나기 시작하면서 내 기도는 제발 한나를 크리스마스까지 살아 있게 해달라는 것에서 한나의 백혈구 수가 방문객 면회를 허락받을 수 있을 정도로 높아지게 해달라는 것으로 옮겨갔다. 한나의 백혈구 수치는 일주일 동안 꾸준히 올라가다 크리스마스 사흘 전에 상승세를 멈추고 떨어지기 시작하더니 다시 오를 기미를 보이지 않았다.

크리스마스 이틀 전, 오후 근무 조에 있는 간호사가 예정에 없는 임시 채혈을 해 가며 좋은 결과가 나올 것 같다고 했다. 간호사의 예감은 맞아떨어졌다. 마치 우리 방에 있는 사람이 복권에 당첨되기라도 한 것 같았다. 의사와 간호사들, 심지어 병실 청소부까지 창문을 두드리고 엄지손가락을 들어 보였다.

한나는 산타 할아버지한테 선물 받은 인형의 집 앞에 사랑스런 모습으로 앉아 있었다. 한나는 민둥 머리에 레이스로 된 머리띠를 두르고, 마피아들의 결혼식에 등장하는 화동에게나 어울림직한 새로 산 상아색 새틴 드레스를 입고 있었다. 한나가 그런 드레스를 좋아한다는 걸 알게 된 것도 바로 마피아 영화 때문이었다.

전날 밤, 그러니까 크리스마스 이브, 클로드가 병원에 와 한나와 함께 있는 틈을 타 나는 밖으로 나가 선물을 살 수 있었다. 병원 밖으로 나서보는 게 3주 만에 처음이었다. 내가 백화점의 한 옷가게에서 그 마피아 크리스마스 드레스를 들고 서 있는데, 사내아이들 바지가 쌓여 있는 진열대를 구경하던 어떤 여자가 나를 힐긋 쳐다보았다.

"그 드레스 사시려고요?"

여자가 물었다.

"사고는 싶은데 값이 너무 비싸네요."

내가 망설이는 투로 말했다.

그 여자가 미소를 지었다.

"저는 사내아이만 셋이랍니다. 그런 건 사고 싶어도 못 사죠."

여자는 단호하게 말했다.

"그 드레스 사세요!"

드레스 입은 한나를 보고 있노라니 그 여자 말 듣기를 잘했다는 생각이 들었다. 한나가 환자복 말고 다른 걸 입어보기는 2주 반 만에 처음이었다. 한나는 간호사실에 전화를 걸어 자기를 보러 오라고까지 했다. 며칠 전 모습과 비교하면 한나는 확연히 밝아 보였다. 너무 많은 약물이 투여된 탓에 얼굴과 팔이 붓고 눈은 졸린 듯 멍해 보였지만, 어쨌든 한나는 일어나 앉아 있었다. 살갗도 아직 옅은 반점들이 남아 있기는 했지만 누런 기가 가시고 본래의 색을 찾고 있었다.

클로드와 윌과 나는 종이 가면을 쓴 얼굴로 서로 마주 보며 활짝 웃었다. 우리 세 사람은 샤워용 비닐 모자와 소매 긴 병원 가운과 고무장갑과 고무 밴드가 달린 덧신으로 무장하고 있었다. 가면은 우리가 아무리 공들여 묶어도 자꾸 코 밑으로 흘러내렸다. 한나는 우리의 차림을 '우주복'이라고 했다. 한나만 빼고 모든 사람이 그런 차림을 해야 했다. 한나의 면역 체계가 너무 손상되어 조금만 감염이 되어도 목숨을 잃을 수 있었기 때문이다.

식구들이 한자리에 모이니 참 좋았다. 마치 내 잔이 흘러넘치고 있는 듯한 느낌이었다. 불과 한 달 전까지만 해도 평범해 보였을 모든 것들이 지금은 부활과도 같은 기적으로 보였다. 클로드 역시 그렇게 생각하는 모양이었다. 클로드는 앞으로 나왔다 뒤로 물러섰다 하면서 열심히 카메라 셔터를 눌렀다.

"한나가 얼마나 좋아 보이는지 빨리 사람들한테 보여주고 싶어 죽을 지경이야."

클로드가 말했다.

"얘들아, 아빠랑 엄마가 좋은 소식을 가지고 왔단다."

내가 윌과 한나에게 말했다.

두 아이가 나를 올려다보았다. 클로드는 내 손을 꼭 잡았다.

"우리 식구가 한 명 늘게 되었어. 아기가 태어날 거야."

"언제요?"

윌과 한나가 한목소리로 외쳤다.

"7월에."

클로드가 말했다.

윌과 한나는 깍깍 소리를 지르며 서로 껴안았다.

"우와, 이렇게 좋은 크리스마스 선물은 처음이야. 한나야, 남자 동생이면 정말 신나지 않겠니?"

윌이 말하자 한나가 눈살을 찌푸렸다.

"난 아니야, 오빠."

한나가 말했다.

"난 아기 이름을 브라이어 로즈로 하고 싶단 말이야. 그러니까 아기는 여자여야 돼."

"그래, 아기 이름이 브라이어 로즈라면 여자가 낫겠다."

윌이 말했다.

클로드가 계속 사진을 찍는 동안 나는 방 안의 모든 기쁨을 내 눈과 가슴에 가득 채웠다. 우리가 나누고 있는 기쁨이 반질반질한 사진 표면에는 결코 담길 수 없는 것이기에. 사실 이 기쁨을 기록해 둘 필요는 없었다. 그것은 이미 우리 가슴 속에 영원한 보금자리를 마련했으니 말이다.

혼자만의 성찬식

크리스마스가 지나고 일주일쯤 뒤, 한나의 골수 이식을 담당했던 의사가 근사한 소식을 가지고 한나의 병실로 들어왔다.

"한나 바나나 양, 오늘 저녁에는 먹고 싶은 거 아무거나 먹어도 됩니다요."

토마토 머리 의사가 말했다.

토마토 머리 의사의 진짜 이름은 브록스타인이었다. 그런데 그가 한나를 자꾸 한나 바나나라고 부르자 한나도 그를 토마토 머리라고 부르기 시작했다.

그는 한나에게 먹고 싶은 걸 먹도록 허락해 준 게 무척이나 기쁜 모양이었다. 그러나 한나는 생각에 잠긴 얼굴로 그를 바라보았다. 한나는 크리스마스 드레스에 빨간 구두를 신고 있었다.

"정말이야, 한나야."

내가 말했다.

"네 몸이 그동안 정말로 열심히 노력을 해서 다시 음식을 먹을 수 있을 만큼 튼튼해졌거든. 이제 네가 먹고 싶은 걸 먹어도 돼."

한나는 얼굴을 찡그리고 손가락으로 머리를 톡톡 두드렸다.

"음……"

한나가 생각 좀 해봐야겠다는 듯 눈을 감고 말했다.

"하드롤빵 있어요?"

한나가 물었다.

의사와 나는 놀라서 서로를 바라보았다.

"아마 있을 거야."

의사가 말했다.

"혹시 없으면 사올게."

"고맙습니다."

한나가 두 손을 무릎 위에 얌전히 포개고서 말했다.

"먹고 싶은 게 그게 다야?"

의사가 물었다.

"아뇨, 사실은 하나 더 있어요."

한나가 말했다.

토마토 머리 의사의 얼굴이 안도감으로 눈에 띄게 환해졌다.

"포도 주스도 먹고 싶어요."

"정말로 또 먹은 싶은 거 없어?"

토마토 머리 의사가 알다가도 모르겠다는 듯 이마를 약간 찌푸리고 물었다.

"피자, 아이스크림, 초코칩 쿠키……, 뭐든지 먹어도 되는데!"

한나가 의사를 빤히 바라보았다. 이제는 조금 짜증이 나는 것 같았다.

"하드롤빵이랑 주스만 먹으면 된다니까요."

한나는 화가 나서 손을 손바닥이 위로 오게 내뻗고 말했다.

"교회에서 성찬식을 할 때처럼요."

한나는 우리가 말귀도 못 알아듣는 멍청이들인가 하는 표정으로 덧붙였다.

한나가 나를 보고 말했다.

"엄마, 드레스 좀 벗겨줘. 이 옷에다 주스를 흘리고 싶지 않아."

10분 뒤 토마토 머리 의사와 간호사 둘과 나는 한나가 천천히 조심스럽게 롤빵을 조각조각 잘라 포도 주스에 적셔 입에 넣는 모습을 지켜보았다. 한나는 우리를 전혀 의식하지 않고 빵을 씹어 삼키고 창 밖으로 어두워져가는 하늘을 물끄러미 바라보았다. 나는 한나 앞에 무릎을 꿇고 한나의 발에 입을 맞추고 싶은 충동을 느꼈다.

두 시간 뒤 한나는 간호사실로 전화를 걸어 얇게 저민 토마토에 겨자를 뿌려 갖다달라고 부탁했다.

한나의 결정

한나의 머리는 이제 완전히 민둥 머리가 되었다. 마지막으로 남아 있던 머리털 몇 오라기마저 빠져버린 것이다. 우리는 4주째 이식 병동에서 지내고 있었다. 한나와 나 둘 다 더는 견딜 수 없는 지경이 되었다. 우리는 당장이라도 집으로 돌아갈 태세가 되어 있었다.

내가 빨간 플라스틱 컵에 사과 주스를 따라 한나에게 건네주었다. 한나가 주스를 한 모금 마셨다.

"안 마실래. 이게 아니잖아."

한나가 이러면서 컵을 내게 돌려주었다.

믿을 수가 없었다. 나는 며칠째 한나의 요구대로 똑같은 방식을 따르고 있었다. 한나는 사과 주스는 빨간 컵에, 우유는 초록 컵에, 콜라는 노란 컵에, 그리고 물은 파란 컵에 달라고 했었다.

"이게 아니야."

한나는 나를 바라보며 같은 말을 되풀이했다.

"뭐가 잘못됐다는 거니?"

내가 물었다.

"전부 다."

한나가 말했다.

나는 주스 컵이고 우유 컵이고 간에 죄다 벽에다 내던지고 싶은 심정이었다. 그러나 컵을 내던지는 대신 천천히 숨을 고르며 열까지 숫자를 셌다. 보통 때는 어떤 음료를 어떤 컵에다 마실지 한나에게 결정하게 하는 게 무척이나 즐거웠다. 내가 한나를 너무 응석받이로 만드는 거 아니냐고 염려하는 사람들도 있었지만, 내 생각은 달랐다. 나는 그렇게 하는 게 한나의 자존감을 지켜주는 길이라고 생각했다. 셀 수 없이 많은 것들이 한나의 의지와는 상관 없이 한나의 목구멍 속으로 밀어 넣어지는 상황이라, 한나 스스로 선택하고 결정하는 것도 있어야 한다는 판단에서였다. 하지만 오늘은 나도 지칠 대로 지쳤다.

"한나야, 네가 해달라는 대로 한 거잖아."

"나도 알아."

한나가 무릎 위에 손을 가지런히 모으고 말했다.

"하지만 오늘은,"

한나가 잠시 말을 멈추고 몸을 앞으로 기울이더니 유별나게 머리가 둔한 어린아이를 상대로 얘기하고 있기라도 한 양 말을 길게 늘여 뺐다.

"생각이 바뀌었어."

그 말을 듣는 순간 노여움은 녹아 없어졌다. 나는 고개를 뒤로 젖히고 소리내어 웃었다. 한나는 마치 자기 생각을 바꾸는 것과 위험을 무릅쓰고라도 나를 열 받게 하는 게 나를 대하는 새로운 컨셉이라는 투로 말했다. 생각이 바뀌었다는데 어쩌겠는가. 그건 한나 잘못이 아니었다.

잔인한 기쁨

이제 한나의 백혈구 수치가 충분히 높아졌기 때문에 한나가 방 밖으로 나가도 된다는 허락이 떨어졌다. 한나는 더 이상 한가롭게 어슬렁거리며 느릿느릿 걷는 데 만족하지 않았다. 요즘 한나가 제일 좋아하는 건 '속도'였다.

"자전거 타러 가."

한나가 말했다.

우리는 병실에 딸린 곁방 싱크대 밑에서 한나의 자전거를 끌어내 복도 한가운데로 밀고 갔다. 진분홍색과 자주색이 섞인 한나의 자전거에는 보조 바퀴 한 쌍이 달려 있었다. '소원 이루어주기 재단'이 크리스마스 이브에 한나에게 보내준 자전거였다. 한나는 자기가 아끼는 분홍색 담요를 자전거 앞에 달린 짐바구니에 싣고 안장에 올라탔다. 내가 뒤에서 한나를 살짝 밀었다. 한나는 다리를 쭉 뻗고 페달을 밟기 시작했다. 한나가 리

놀름 깔린 복도에서 속도를 낼 때, 나는 한나 곁에서 정맥 주사 폴을 밀며 달렸다. 자전거가 좌우로 흔들릴 때마다 손잡이에 달린 리본 테이프가 반짝거리며 휘날렸다.

"꼭 붙잡아, 한나야!"

나는 한나가 두 손을 들고 간호사들에게 손을 흔드는 모습을 보고 날카롭게 소리쳤다. 우리가 간호사실 앞을 지날 때 간호사들이 활짝 웃으며 손을 흔들어주었다.

"한나야, 너 그러고 다니다가는 너네 엄마 지쳐 쓰러지시 겠다!"

간호사들 가운데 하나가 소리쳤다.

한나는 고개를 뒤로 젖히고 소리내어 웃었다. 나도 같이 웃었다. 한나가 그렇게 즐거워하는 모습을 보면서 느끼는 기쁨은 마음에 다 담아둘 수 없을 정도로 컸다.

"밑을 조심해!"

엘리베이터 앞 코너를 돌 때 한나가 소리쳤다. 한나는 자전거를 세우고 팔짝 뛰어내려 자전거를 돌렸다. 나는 방향을 바꾸느라 꼬인 정맥 주사 줄을 풀다가, 평소에는 거의 사용하지 않는 복도 끝방 앞에 사람들이 모여 서서 웅성거리고 있는 모습을 보았다. 그 중에는 슬피 우는 사람도 있었다.

"무슨 일이에요?"

나는 그 사람들 틈에서 빠져나와 내 쪽으로 다가온 간호사에게 물었다.

"저 방에 있는 남자 아이가 오늘 아침 차에 치였는데 방금 죽었어요."

간호사가 조용히 말했다.

그 말을 듣는 순간 마치 배에 구멍이 뻥 뚫린 듯한 느낌이 드는 한편, 차마 입에 올리지 못할 소리지만, 나는 운이 좋은 편이구나 하는 생각이 들었다. 나로서는 아무런 준비도 없이, 한나의 마지막 순간들을 찬찬히 음미할 기회도 갖지 못한 채, 그렇게 예기치 않게 불시에 한나를 잃는다는 건 상상할 수 없었다. 저 남자 아이의 부모는 아이에게 작별 인사를 할 기회나 있었을까?

한나가 암 진단을 받은 이후의 몇 달이 얼마나 긴장되고 공포스러웠든 간에, 나는 한나와 함께하는 한순간 한순간이 고맙기 그지없었다. 한없이 암울한 순간에조차 한 줄기 잔인한 기쁨이 있었다. 시간이라는 선물이 소박하지만 더없이 훌륭하다는 것을 이제는 알게 되었다. 음미할 시간, 기억할 시간, 작별 인사를 할 시간이 있다는 게 얼마나 다행스러운가!

캐티 간호사와 티 파티

한나와 나는 1월 첫 주에 집으로 돌아왔다. 일주일 뒤 한나는 크리스마스 드레스와 분홍색 나비 리본이 달린 검정 벨벳 모자를 쓰고 유치원에 갔다. 한나의 민둥 머리 탓에 모자가 자꾸 앞으로 미끄러져 내리면서 병원에서 가져온 종이 가면까지 코 밑으로 흘러내리게 했다. 유치원 친구들은 한나의 드레스를 보고 탄성을 질렀다. 머리카락이 없는 건 알아차리지 못하는 것 같았다.

오늘 한나는, "이 드레스는 아주아주 특별한 일이 있는 날에만 입는 옷"이라며 또다시 크리스마스 드레스를 입었다. 간호사 캐티가 우리집에 차를 마시러 오기로 했기 때문이다.

캐티는 한나가 좋아하는 간호사들 가운데 한 사람이었다. 캐티는 한나가 수술을 받은 병원에서 근무했다. 아직 20대 초반이고 150센티미터가 될까 말까 한 키에 짧게 자른 검은 머리와 깜찍한 눈을 가진 캐티는 한나와 함께 있을 때면 딴 데 정신을 파는 일이 전혀 없었다. 캐티는 늘 한나의 상태를 성실하게 살피는 것 같았고 아무리 바빠도 한나 돌보는 일을 소홀히 하지 않았다.

캐티가 한나의 병실에 들어올 때마다 두 사람은 어김없이 둘만의 놀이를 하곤 했다.

"혹시 제가 갖다드렸으면 하는 게 있나요, 한나 아씨?"

최대한 진지한 표정을 지으려 애쓰며 캐티가 먼저 놀이를 시작했다. 그러면 한나는 생글 웃으며 무릎 위에 손을 포갰다.

"응, 있어."

한나는 말을 마치기가 무섭게 간신히 참았던 웃음을 터뜨렸다.

"캐티 간호사, 토마토를 조금 먹을 수 있을까?"

캐티는 한나 쪽으로 몸을 숙이고서 엄숙하고 진지한 목소리로 말했다.

"정말 죄송한데요, 아씨, 토마토는 캐티가 다 먹어버렸어요. 대신 바나나는 얼마든지 드릴 수 있어요."

한나는 제 손으로 티 파티 테이블을 차리고 있었다. 찻잔과 받침 접시를 한 번에 한 벌씩 들고 부엌에서 거실에 있는 티 테이블로 천천히 조심스럽게 걸음을 옮겼다. 한나는 잔과 접시들을 비뚤 빼뚤하게 빙 둘러 차려놓고, 바비 인형 차 세트에 들어 있는 하얀 플라스틱 꽃병을 가운데에 놓았다. 그리고 생일에 쓰고 남은 곰돌이 푸 냅킨 한 장과 인어공주 냅킨 두 장을 '해피 뉴 이어'라는 글씨가 들어 있는 냅킨과 잇대어놓았다.

한나는 '어른용' 주전자에 차를 끓이라고 했다. 바비 인형 세트의 주전자에는 이미 갖가지 일회용 반창고들이 가득 들어 있었다. 우리는 반창고를 하도 많이 사용한 탓에 열렬한 반창고 애호가가 되어 있었다. 일회용 반창고를, 가장 많이 쓰이는 '표준형'만 빼고 무턱대고 사들여, 크기·모양·색깔별로 몇 상자씩 갖게 되었다.

나는 한나가 테이블 위의 물건들을 이렇게 놓았다 저렇게 놓았다 하는 모습을 지켜보면서 간섭하고 싶은 걸 꾹 참았다. 쉬운 일이 아니었다. 그러고 보니 나에게는 매사에 지나치게 비판적이고, 사람들에게, 특히 내 아이들에게 어떻게 하는 게 '옳은' 것인지를 가르치고 싶어하는 면이 있었다..

한나는 얼마 만에 한 번씩 뒤로 물러서서 자기 작품이 잘 되었는지 살펴보면서 웃는 얼굴로 콧노래를 부르고 있었다. 한나는 서두르지 않았고, 티 파티가 어떠해야 하는지에는 전혀 개의치 않는 것 같았다. 나는 한나가 경험하고 있는 기쁨과 자기가 하고 있는 일에 쏟는 정성을 음미하며 말없이 한나를 지켜보았다. 나도 한나처럼 하루하루의 일상에 그렇게 관심을 기울이고 싶고, 무슨 일을 하건 사람들이 알아줄까, 마음에 들어할까 걱정하지 않고 단순히 그 일을 하는 기쁨을 위해 하고 싶었다.

그 순간 나는 깨달았다. 기쁨이란 모든 것이 질서 정연하고, 좋은 배우자를 만나고, 사랑받고 해야만 얻어지는 게 아니라는 것을. 좀더 충만한 삶을 사는 데 진지하게 관심을 기울인다면, 모든 것이 완벽하기를 바라는 내 욕심부터 내려놓아야 할 것이다.

지프를 타고 달리며

나는 커튼을 뜯어내고 창문이란 창문은 다 열어 따스한 봄바람이 우리집에서 케케묵은 겨울의 기운을 몰아내게 했다. 클로드는 마당에서 흙을 갈고 씨를 뿌리고 있었다. 윌과 한나는 나를 도와 미끌미끌한 레몬 오일로 목제와 가구를 닦고 있었다. 우리는 아래층에서부터 시작해 이제 막 위층에 있는 윌의 방을 닦기 시작했는데, 차 한 대가 우리집 앞 차도로 들어서면서 요란하게 경적을 울렸다. 나나 아이들이나 밖을 내다보지 않아도 그게 누구인지 알 수 있었다.

"로라제인 목사님이다!"

윌과 한나가 소리를 지르며 창가로 달려갔다.

로라제인의 웃음소리가 들렸다. 창가로 가서 보니, 때마침 로라제인이 그녀의 지붕 없는 빨간 지프 앞좌석에서 손으로 키스를 보내고 있었다.

"와, 지프 멋있는데요!"

윌이 위험하게 창문 밖으로 몸을 숙이고 말했다.

"멋있고 말고."

로라제인이 웃으며 대꾸했다. 그녀는 모자를 벗어 들었다.

"지금 뭐 하고 있었니? 지프 타고 바람 쐬러 갈 수 있어?"

"청소하고 있었어요."

한나가 로라제인이 볼 수 있게 걸레를 들어 올리며 말했다.

"청소???"

로라제인이 날카로운 소리로 비명을 지르듯 말하자, 윌과 한나가 까르르 웃었다.

"이렇게 화창하고 아름다운 날 청소나 하고 있는 건 절대로 있을 수 없는 일이라고 엄마한테 말씀드리렴. 너희 둘 다 지금 당장 내려와라. 엄마도 같이 오시는 게 좋을 거라고 말씀드리고!"

윌과 한나는 걸레를 내팽개치고 숨이 넘어가게 계단을 내려가 로라제인의 품으로 몸을 던졌다. 로라제인은 두 아이의 뺨에 쪽, 소리가 나게 입을 맞추고 아이들을 안아 지프에 태운 다음 안전띠를 둘러주었다. 로라제인은 우리 세 식구를 태우고 집 앞을 벗어나며 빵빵, 경적을 울렸다. 클로드가 일손을 멈추고 빙그레 웃으며 손을 흔들어주었다.

하늘 높이 떠 있는 해가 우리 네 사람 얼굴에 따스하게 내리쪼였다. 로라제인이 액셀러레이터를 밟아 속도를 올렸다.

"더 빨리 가요!"

한나가 뒷자리에서 소리쳤다.

로라제인과 나는 서로 마주 보고 웃었다. 그녀의 눈은 밝고 생기가 돌았다. 내 눈 역시 그럴 것이라는 걸 나는 알고 있었다. 로라제인이 속도를 더 높였다. 지프는 총알처럼 앞으로 내달렸다. 우리 모두 와아, 기쁨의 탄성을 질렀다. 참으로 오랜만에 느껴보는 흥겨움이었다.

"엄마!"

한나가 소리쳤다.

"내 머리카락이 바람에 날리는 게 느껴져!"

나는 얼른 고개를 돌려 한나를 보았다. 밝은 햇빛 덕에 수술 후 처음으로 한나의 머리털을 볼 수 있었다. 한나의 민둥머리가 솜털같이 연하고 보송보송한 머리털로 뒤덮여 있고, 그 머리털 한 올 한 올이 드센 바람에 곤두서 있었다. 한나가 손으로 머리를 더듬었다.

"머리털이 났어!"

한나가 소리쳤다.

"머리털이 났다구!"

"야호!"

윌이 옆자리에 앉은 한나를 껴안으며 소리쳤다.

나도 모르게 눈물이 났다. 로라제인도 울고 있었다.

나는 누구에게랄 것 없이 "고맙습니다, 고맙습니다"를 되뇌었다.

로라제인이 한 손을 옆으로 뻗어 내 손을 꼭 쥐었다. 우리 차가 굽은 길을 홱 돌 때, 한나가 또다시 소리를 질렀다.

"로라제인 목사님, 엄마, 난 저런 집에서 살 거예요!"

나는 한나가 가리키는 곳을 보았다. 길 모퉁이에 분홍색 집이 있었다. 나무로 된 부분만 진한 고동색일 뿐, 나머지는 온통 연한 장밋빛으로 칠해져 있었다.

"우엑! 한나야, 저 집은 온통 분홍색이잖아!"

윌이 소리쳤다.

한나도 지지 않고 윌의 귀에 대고 소리쳤다.

"난 분홍색 집에 살면서 지붕 없는 분홍색 차를 몰 거야."

윌이 고개를 절래절래 저으며 눈알을 굴렸다.

"여자 아이들은 못 말린다니까."

윌이 말했다.

아무 일도 없었던 하루

하늘에는 석양빛이 넘실거렸다. 또다시 맞은 따사로운 봄날이
었다. 공기에서 무르익은 봄내음과 흙냄새가 났다. 클로드와
나는 손을 잡고 걸었고, 윌과 한나는 우리를 앞질러 달리고 있
었다. 나는 임신 6개월째에 접어들었다. 뱃속에서 아기가 몸
을 움직여 내가 걷는 리듬에 맞춰 자리를 잡는 것을 느낄 수
있었다.

윌의 친구 데이비드가 자기 집 앞에서 아빠랑 농구를 하고
있었다. 데이비드의 아빠 앨런과 클로드는 함께 한 리틀리그
팀의 코치를 맡았고, 화요일 저녁마다 다른 아빠들과 농구 시
합을 하곤 했다. 생일이 한나보다 몇 달 빠른 데이비드의 동생
마이클은 앞마당에 쪼그리고 앉아 막대기로 흙을 쑤시고 있었
다. 윌이 두 손을 확성기 모양으로 입가에 대고 데이비드에게
소리치자, 데이비드가 씩 웃으며 공을 윌에게 길게 패스했다.

윌이 공을 받아 골대로 치고 가다가 놓쳤다. 그 사이 한나는 막대기 하나를 주워서 마이클과 함께 흙파기 놀이를 했다. 앨런은 클로드와 나를 보고 손을 흔들었다. 클로드와 나는 그들이 농구를 하고 있는 데로 걸어갔다. 앨런은 윌과 데이비드 둘레를 이리 돌았다 저리 돌았다 하며 몇 차례 골대에 공을 던졌다. 앨런은 일부러 공을 빗나가게 던졌으면서도 아이들에게는 자기가 실수로 공을 못 넣은 척했다.

"아무래도 도와줄 사람이 있어야지 나 혼자서는 못 당하겠는걸."

앨런이 소리쳤다.

클로드는 웃으며 게임에 합류했다. 앨런의 아내 메리앤이 현관문으로 고개를 내밀었다.

"왜 이렇게 밖이 소란스러운가 했어요."

메리앤이 웃으며 말했다.

그녀는 현관 앞 계단으로 나와, 나에게 그리 오라고 손짓했다.

"얘, 마이클, 너희는 거기서 뭐 하는 거니?"

메리앤이 소리쳤다.

"벌레를 찾고 있어요."

한나가 대답했다.

"지렁이도."

마이클이 덧붙였다.

"맞아요, 지렁이도 찾을 거예요."

한나가 말했다.

"아무래도 너희 둘 다 오늘밤엔 목욕을 한 번씩 더 해야 될 것 같구나."

메리앤이 눈을 굴리며 말했다.

바로 그 순간, 내가 직접 경험하지 않았더라면 도저히 가능하다고 믿지 못했을 그런 이상하고 놀라운 일이 벌어진 건 바로 그 순간이었다. 나는 한나가 아프다는 사실을 까맣게 잊고 있었던 것이다!

나는 내가 그 사실을 잊고 있다는 사실조차 의식하지 못했다. 무엇인가가 암이니 치료니 걱정이니 죽음이니 하는 것들 사이에서 나를 꿀꺽 삼켜버리기라도 한 것 같았다. 한나는 흙 장난을 하고 있고, 나는 친구랑 수다를 떨고 있었다. 특별할 것이라고는 없는, 아주 평범한 순간이었다.

나를 집어삼켰던 것이 무엇인지는 모르지만 아무튼 그게 눈 깜짝할 사이에 나를 도로 뱉어냈다. 그래도 뭔가 느낌이 달랐다. 지금은 내가 한나가 아프다는 것을 의식하고 있지만, 조금 전에 느꼈던 평온함이 얼마쯤은 남아 있었다.

그날 밤 나는 현관 앞 베란다에 앉아 아직 남아 있는 평온함을 음미하며 밤하늘을 바라보았다. 나방들이 가루 묻은 몸으로 베란다 전구를 때리고, 그 곁으로 박쥐들이 휘리릭 스쳐 지나갔다. 박쥐들 뒤로 보이는 것은 끝없이 펼쳐진 별 무늬 양탄자. 그 양탄자 위에 눈 한번 꿈벅거리지 않는 커다란 달과 끊임없이 깜박이는 행성들과 은하수가 걸려 있었다.

밤의 소리에 귀를 기울이고 있노라니 내가 마치 광활한 밤하늘 끝자락에 살포시 앉아 있는 기분이었다. 지금 내가 느끼고 있는 이 고요가 정녕 신이리라.

축복

한나가 타박타박 계단을 오르는 소리가 들렸다. 나는 눈을 뜨고 기지개를 켰다. 일어날 시간이었다. 샤워기 물소리가 들렸다. 클로드가 나를 깨우지 않으려고 살짝 침대를 빠져나간 모양이었다. 그이의 마음 씀씀이가 고마웠다.

침실 문이 벌컥 열렸다.

"엄마, 오늘 날씨 참 화창하지 않아?"

한나가 소리쳤다.

"이런 날 살아 있다는 게 너무 좋아."

한나는 분홍색 담요를 뒤로 늘어뜨린 채 생글생글 웃는 얼굴로 문고리를 잡고 서 있었다. 한나의 눈은 생기로 빛나고 있었다. 머리에는 2센티미터가 넘게 자란 가느다란 금발이 사방으로 삐죽삐죽 서 있었다. 뺨은 통통하고 발그레했다. 나는 주름 장식으로 된 한나의 잠옷단이 더는 바닥에 끌리지 않는다는 것을 처음으로 알아차렸다. 분홍색 메니큐어를 칠한 작은 발톱이 옷단 밑으로 드러나 있었다. 내가 한나를 보고 미소를 짓자, 한나는 문고리와 담요를 놓고 달려와 침대로 뛰어들었다. 한나는 이불 속으로 파고들어 내 목과 어깨 사이에다 고개를 파묻었다.

"그래, 한나야."

내가 한나의 머리털에 코를 묻고 말했다.

"정말 화창한 날이구나."

기쁨은 순간 순간의 문턱에 서 있는 마술이자 평온이다. 대가를 바라지 않고 넉넉하게 베풀고 충만한 삶을 살 때 경험하게 되는 것이 기쁨이다. 기쁨은 규칙이라는 것을 모르는 탓에 불완전할까 염려하지 않으며, 가장 어두운 곳에서조차 예고 없이 우리를 찾아올 수 있다.

Faith

'달을 뛰어넘는 소'

내 뜻대로 하옵소서

부활절을 일주일 앞둔 화창한 봄날이었다. 한나와 나는 교회까지 걸어가기로 했다. 윌은 자전거를 타고 앞서 가고, 늦잠을 잔 클로드는 나중에 교회로 오기로 했다. 한나와 나는 손을 잡았다. 겨우내 잠자던 알뿌리와 꽃눈들이 새로운 생명으로 피어나고 있었다. 목련나무 한 그루가 유난히 내 눈길을 사로잡았다. 그 나무는 옆에 있는 집들보다 키가 컸다. 큼직한 흰 꽃들로 뒤덮인 가지들은 하늘을 향해 쭉쭉 뻗어 있었다.

"엄마."

한나가 그 나무를 가리키며 말했다.

"나 결혼할 때 저 꽃들 들고 할래!"

"꽃이 참 예쁘지, 한나야?"

나는 정말 한나의 말대로 되기를 기도하며 말했다.

"누구랑 결혼할 건데?"

"누구긴 누구야, 아빠지."

한나가 웃었다.

요즘 한나는 아픈 아이라고 하기에는 너무도 건강해 보였다. 처음 산 빨간 구두가 벌써 닳아 새 구두를 사러 갔을 때, 한나의 발은 반 사이즈나 커져 있었다. 골수 이식을 한 지 석 달 반 만에 우리 가족의 생활은 다시금 지극히 평범한 일상으로 틀이 잡혔다. 나는 이렇게 평범한 일상이 지속되리라 믿고 싶었지만 불길한 예감을 떨칠 수 없었다. 캐멀레이커 박사가 엑스선 촬영과 컴퓨터 단층 촬영을 하는 정기 검사 일정을 다음 주로 잡아주었다.

교회에 앉아서 나는 로라제인 뒤쪽 천장에 매달린 커다란 십자가를 물끄러미 바라보았다. 성서의 부활 이야기가 이토록 절절하게 마음에 와 닿은 적은 없었다. 하느님에게 예수를 무덤에서 일으킬 능력이 있다면 한나를 살려주실 수도 있지 않을까?

그러실 수 있다면 그 분은 대체 뭘 망설이고 있는 것일까?

"당신 뜻대로 하옵소서."

이렇게 말할 때조차 사실은 그 분의 뜻이 내 뜻과 같다고 믿고 있었다. 그러면서도 나는 진심으로 기도했다.

윌과의 대화

한나 방에서, 클로드가 코고는 소리가 새어나오고 있었다. 조금 전까지만 해도 클로드가 한나를 재우려고 책을 읽어주고 있었는데, 도중에 둘 다 잠이 든 모양이었다. 윌은 내가 잠자리를 봐주러 오기를 기다리고 있었는데, 윌이 나를 기다리는 까닭을 나는 알고 있었다.

부활절이 지나고 한 주가 채 못 되었을 때, 캐멀레이커 박사가 판독대 클립에 필름 한 장을 끼우더니 암이 전이된 부분을 가리켰다. 한나가 골수 이식을 받을 당시, 클로드와 나는 한나에게 더 이상 치료를 받게 하지 않기로 약속했었다. 그러나 그건 어디까지 그때 생각일 뿐이었다. 우리는 캐멀레이커 박사에게 당장 수술 일정을 잡아달라고 부탁했다.

오늘 아침 일찍, 클로드는 병원에 가지고 갈 한나와 나의 짐가방을 차에 실어주었다. 나는 윌을 윌의 친구 제프네 집으로 데려다주고, 뽀뽀를 해주었다. 그리고 수업이 끝나는 시간에 맞춰 릴리가 학교로 윌을 데리러 갈 거라고 다시 한 번 얘기해 두었다. 그러나 수업이 끝났을 때 릴리 대신 클로드와 한나와 내가 윌을 기다리고 있었다.

내가 윌의 방으로 들어가자, 윌은 동물 인형들을 자기가 쓰지 않는 다른 침대로 던져놓고 내가 앉을 자리를 마련해 주었다. 녀석의 얼굴을 보아하니 울고 있었던 모양이다. 나는 임신 중인 무거운 몸을 윌 옆에 부리고, 윌을 품어 안았다.

"아이구, 내 새끼."

나는 윌의 머리에 입을 맞추고 어린 사내아이의 부드러움을 한껏 음미하며 말했다.

"엄마, 왜 의사 선생님들이 수술을 안 하셨어요?"

윌이 내 가슴에 얼굴을 파묻고서 물었다.

나로서는 이 질문을 피하고 싶은 마음이 간절했지만 윌은 내가 솔직하게 얘기해 주리라 믿고 있었고, 또한 윌은 마땅히 진실을 알아야 했다.

"음, 그건……."

나는 신중하게 말을 고르느라 잠시 뜸을 들였다.

"한나의 혹이 이번에는 전과 다른 데에 있어서 그래. 혹이 한나의 척수와 아주 가까운 곳에서 자란 데다가 아주 중요한 혈관들이 혹을 둘러싸고 있어. 그래서 의사 선생님들이 이번 혹은 떼어낼 수 없대."

"엄마, 조금만 떼어내는 것도 안 된대요?"

윌이 고개를 들어 나를 바라보며 물었다.

"의사 선생님들이 그걸 떼어내지 않으면,"

월이 천천히 신중하게 말했다.

"한나가 죽게 되잖아요."

내 눈에 눈물이 가득 고였다. 나는 숨을 깊이 들이쉬고 눈물을 꾹 참았다. 월의 고통을 내가 나누어 갖고 싶지, 내 고통으로 월을 당황하게 하고 싶지는 않았다.

"의사 선생님들은 어떻게 해도 한나가 앞으로 몇 달밖에 더 못 살 거라고 생각하셔."

나는 나를 집어삼킬 듯한 어둠을 천천히 헤치고 나아가며 말했다.

"혹을 조금이라도 떼어내려고 수술을 한다면, 한나는 수술을 안 하고 혹을 그냥 둘 때보다 더 많은 고통을 겪다가 죽게 될 거야."

월은 팔로 내 목을 감싸안고 흐느껴 울었다. 내 가슴이 월의 고통에 적셔지는 듯한 느낌이었다. 분노의 물결이 나를 휘감았다. 하느님은 한나가 죽는 것만으로 모자라서 기어이 여섯 살짜리 월의 천진함마저 빼앗으려 하시나?

월은 갓난아기 때부터 또래의 다른 아이들보다 조숙해 보였다. 그러나 지금 생각하니 내가 잘못한 것 같다. 월은 지금 감당하기 어려울 정도로 많은 것을 알고 있다. 월이 그저 모르고 지나가는 일도 있도록 내가 어떻게든 신경을 썼어야 했는데……. 몇 달 전, 그러니까 한나가 처음 아팠을 때, 나는 월에게 일기장을 사주고 이런 저런 느낌들을 일기장에 그려보라고 했다. 하지만 월은 오랫동안 일기장에 손을 대지 않았다. 그런데 얼마 전부터 자기가 그린 그림들을 나에게 보여주기 시작했다. 처음에 그린 그림들은 주로 야구 선수나 아메리카 인디언들이 부상을 당하거나 피를 흘리는 모습을 담은 복잡한 스케치였다. 그러나 부활절 직전에는 꼭 성조기가 새겨진 전쟁 기념비처럼 보이는 것 옆에 정교한 십자가를 그려놓았다. 그리고 그림 밑에 한나의 이름을 정성 들여 써놓았다.

"미안하구나, 윌."

나는 마음이 어느 정도 진정되고 나서 말했다.

"다른 말로 둘러대고 싶은 마음도 있다만, 엄만 네가 진실을 알 자격이 있다고 생각해. 네가 진실을 알아야 한나가 살아 있는 동안 한나와 소중한 시간을 보낼 수 있잖아."

"이건 말도 안 돼요."

윌이 허공에 대고 주먹을 휘두르며 울부짖었다.

"한나가 얼마나 언니가 되고 싶어하는데요. 한나가 새로 태어나는 아기를 볼 수 있나요? 그때까지는 살 수 있어요?"

"그건 엄마도 몰라, 윌."

나는 윌의 생각이 벌써 거기까지 미쳤다는 데 놀라움을 금할 수 없었다.

"엄마가 아는 건 딱 하나, 한나가 그때까지 살 수 있게 해달라고 기도해야 한다는 것뿐이구나."

"엄마, 나는 벌써부터 기도하고 있었어요."

윌이 울부짖었다.

"하지만 하느님이 한나를 죽게 두신다면, 어떻게 우리가 하느님을 믿을 수 있겠어요? 만약 하느님이 한나를 죽게 두신다면, 난 하느님을 미워하게 될 거예요."

나는 만일의 경우를 생각하여 하느님께 기도를 하면서도 그
런 말을 입밖에 내는 윌의 용기에 감탄하며 고개를 끄덕였다.
나는 내 믿음에 대한 확신이 점점 줄어드는 것을 느끼고 있었
지만, 하느님의 노여움을 살지도 모르는 말이나 행동을 감행할
엄두는 내지 못했다.

"엄마, 한나는 자기가 죽는다는 걸 알아요?"

흐느낌이 어느 정도 가라앉자 윌이 물었다.

"글쎄, 아마 알 거야."

"아무도 한나한테 그 얘기를 안 하면 좋겠어요. 한나가 겁을
먹으면 어떻게 해요."

"그렇기는 하지만, 엄마 생각엔 한나가 아직 그 사실을 모르
고 있더라도 어렴풋이 짐작은 하게 될 거야."

내가 윌에게 말했다.

"만약 한나가 그 문제에 대해 물어오면, 엄만 사실대로 얘기
해 줄 수밖에 없어. 엄만 한나가 자기가 죽을 거라는 사실을 알
고 그 문제에 대해 사람들이랑 얘기할 수 있으면 좋겠어."

윌은 잠시 생각에 잠겼다.

"아무래도 그게 좋겠네요."

마침내 윌도 찬성했다.

"하지만 엄마, 한나가 그 사실을 알게 되면, 이제 한나가 알
게 되었다고 나한테 얘기해 주실래요? 나도 한나랑 그 문제에
대해 얘기하고 싶거든요."

"그래, 알았어."

나는 윌을 끌어안고 말했다.

윌은 말없이 내 품에 안겨 있었다.

"엄마, 우리 할머니 할아버지들이 아직 다 살아 계신데, 한나가 하늘나라에 가면 누굴 만나죠?"

"흠, 좋은 질문이로구나."

나는 고개를 저으며 말했다.

"증조 할머니 할아버지가 하늘나라에 계시잖니?"

"그렇긴 하지만 한나는 그 분들을 본 적이 없어서 못 알아볼 거예요."

"정말 그렇겠는데."

나는 뭐라고 대꾸해야 할지 최대한 빨리 머리를 굴리며 말했다.

"전에 죽은 우리 고양이 버브는 하늘나라에 있지 않을까?"

윌은 두 손으로 턱을 받치고 허공을 물끄러미 바라보았다.

"맞아요. 버브는 하늘나라에 있을 거예요."

마침내 윌이 말했다.

"그리고 성경책에 나온 얘기가 맞다면 예수님도 계실 거고요."

윌이 별로 믿기지 않는다는 투로 말했다.

"참, 엄마, 엄마가 유산한 아기들도 있잖아요."

윌은 이 생각을 해낸 게 스스로 대견한지 눈을 크게 뜨고 덧붙였다.

"우리가 그 아기들을 만난 적은 없지만 걔네들도 우리 동생이에요. 와, 그것 참 좋겠네요! 한나가 우리보다 먼저 동생들을 만나게 되잖아요!"

윌이 두 팔을 벌려 나를 껴안았다.

"고마워요. 엄마. 기분이 훨씬 나아졌어요."

윌은 잠시 말이 없었다. 나는 가만히 기다렸다.

"엄마가 나랑 얘기해 줘서 정말 기뻐요."

마침내 윌이 다시 말문을 열었다.

"한나가 늘 내가 안 쓰는 저 침대에서 얼마나 자고 싶어했는지 엄마도 아시죠? 내가 만날 안 된다고 했던 것도요? 앞으로는 한나가 여기에서 자겠다고 할 때마다 그러라고 할래요."

치유 예배

클로드와 윌과 한나와 나는 로라제인을 따라 가운데 통로를 지나 앞줄에 마련되어 있는 자리로 갔다. 한나는 부활절에 새로 산 빨간색과 분홍색 꽃무늬 드레스에 흰 타이츠, 빨간 에나멜 가죽 구두 차림이었다. 한나는 흥분을 가까스로 억누른 채 내 손을 잡고 걸었다. 오늘 예배가 자기를 위한 예배라는 걸 한나는 알고 있었다.

갓 다림질한 셔츠에 넥타이까지 매고 파란 재킷과 빳빳하게 주름잡은 카키색 바지를 입은 윌은 진지한 표정으로 클로드와 나란히 우리 뒤를 따랐다. 윌의 상고머리는 많이 자라 있었다. 그래도 아직 머리가 짧은 편인데, 윌은 가르마를 타고 물을 적셔 빗질을 하느라 욕실 거울 앞에서 많은 시간을 보냈다.

나는 우리 자리에 이르렀을 때 예배에 참석한 교인들을 보기 위해 고개를 돌렸다. 예배당을 가득 메운 사람들은 거의 다 우리가 아는 사람들이었다. 우리가 들어가자 예배당 안이 쥐 죽은 듯 조용해졌다. 교우들의 침묵에는 진지함과 호기심이 뒤섞여 있었다. 나는 그들이 우리 일에 관심을 가져주는 게 고마웠다. 한나의 암은 이제 내 삶의 중심이었다. 적어도 이 순간만큼은 한나의 암이 나뿐만 아니라 그 자리에 모인 모든 사람의 삶의 중심인 것처럼 보였다.

한나의 종양이 수술할 수 없는 것이라는 소식은 우리 교회 사람들을 뒤흔들어놓았다. 하도 많은 사람들이 로라제인에게 어떻게 하면 우리를 도울 수 있겠냐고 물어오자, 로라제인은 우리 교회에서 한나를 위해 치유 예배를 드리자는 의견을 내놓았다. 로라제인이 클로드와 나에게 처음 치유 예배 얘기를 했을 때, 나는 그게 썩 좋은 생각이라는 확신이 들지 않았다.

사람들이 서로 위로하고 기운을 북돋워주기 위해 모이는 건 좋지만, 그 모임에 '치유' 예배라는 이름을 붙이면 사람들이 불가능한 기대를 갖지 않을까 염려스러웠다. 나에게 '치유(healing)'란 '치료(cure)'를 의미했다. 나는 한나가 죽었을 때, 사람들이 한나나 로라제인이나 혹은 그들 자신을 실패자로 여기게 되는 걸 바라지 않았다.

나는 로라제인이 자기 자신을 지나치게 압박하는 것도 걱정스러웠다. 로라제인은 심지어 신에게 도전이라도 할 태세였다. 나는 집중 치료실에서 그와 나눈 대화를 기억하고 있었다. 그때 그이는 자기가 하느님을 얼마나 잘 알고 있는지 의문스럽다고 했다. 나는 로라제인이든 누구든 한나를 자기 믿음을 시험하는 기회로 이용하는 게 못마땅했다. 또한 나는 기도로 한나를 살릴 수 있다고는 생각하지 않았다.

그럼에도 불구하고 교회 맨 앞줄에 앉아 있으니, 거기 모인 모든 사람들의 순수한 사랑과 정성이 고스란히 느껴졌다. 나는 주먹을 꽉 쥐고 눈을 질끈 감은 채 눈물을 흘리고 있는 클로드를 건너다보면서, 내가 무슨 생각을 하고 있는지 클로드가 알면 나 때문에 일을 그르쳤다고 비난하지 않을까 걱정스러웠다. 또한 정말로 나 때문에 일이 잘못될까 봐 걱정스러웠다.

클로드는 요즘 태어나서 처음으로 날마다 성경을 읽고 기도를 했다. 나는 클로드가, 한나의 목숨을 구할 수만 있다면 사탄에게 심장이라도 내주리라는 걸 알고 있었다. 그이의 믿음에 비하면 내 믿음은 작고 보잘것없었다.

오르간 연주자가 연주를 시작했고, 모두들 일어나 찬송가를 불렀다. 한나가 내 옷자락을 끌어당겼다.

"엄마, 나 좀 안아서 올려줘. 누구누구가 왔는지 보고 싶어."

나는 한 손으로 한나를 들쳐안고 다른 한 손으로는 찬송가책을 불룩한 배에 받쳐 들었다. 윌이 내 손에서 책을 빼가더니 내가 보기 좋게 들어주었다. 나는 고맙다는 뜻으로 윌에게 웃어 보였다.

"엄마, 저기 좀 봐."

한나가 내 어깨 너머를 가리키며 속삭였다.

"에이미 간호사 언니랑 캐멀레이커 박사님이랑 에드먼 박사님이랑 마코프 박사님…… 그리고 피셔 선생님이랑 포사이스 선생님이 오셨어. 재키랑 제프랑 걔네 엄마 아빠도……."

한나는 더 잘 보려고 몸을 꼬고 버둥거렸다. 로라제인이 설교를 시작했지만 나는 설교에 귀를 기울이기가 어려웠다. 한나가 계속 자기가 알아본 사람들 이름을 내 귀에 대고 속삭이고 있었기 때문이다. 로라제인이 주기도문을 외우기 시작했을 때에야 한나는 입을 다물었다. 로라제인은 십자가를 향해 돌아서서 두 손을 모아 쥐고 고개를 숙인 채 주기도문을 한 구절한 구절 암송했다. 그이의 기도 소리를 들으니 마음이 뿌듯하고 묘하게 안심이 되었다. 한나가 죽게 된다 하더라도, 한나가 주기도문을 알고 있었다는 사실이 틀림없이 위안이 될 것 같았다.

이제 아이들이 노래를 부를 차례였다. 한나와 윌도 다른 아이들과 함께 '예수님은 나를 사랑하셔'라는 활기찬 찬송가를 부르기 위해 카페트가 깔린 계단으로 나가 섰다. 윌은 한나를 보호하려는 듯 의젓하게 한나 뒤에 서서 한나의 어깨에 손을 얹었다. 나는 한나와 윌이 자랑스럽고, 오늘 예배에 그렇게 많은 아이들이 참석해 준 게 고마웠다. 아프다는 게 두려워하거나 부끄러워할 일이라도 되는 양 한나의 병을 쉬쉬 하거나 감추지 않기를 잘한 것 같았다.

우리 교인들 가운데 보수적인 신앙을 가진 편에 속하는 릭이라는 사람이 자리에서 일어나더니 할 말이 있다며 마이크 앞으로 나아갔다. 순간 내 얼굴에서 웃음이 싹 가셨다. 내 몸의 모든 세포들이 "안 돼, 안 돼!" 하고 소리치는 것 같았다. 릭이 말문을 열었다.

"우리 하느님은 바로 지금 여기에서 기적을 일으킬 수 있는 능력을 지니고 계십니다."

내가 염려하던 게 바로 이것이었다. 우리의 믿음이 시험대에 오르고 있었다. 나는 눈덩이처럼 불어나는 낭패감을 억누르려 깊이 숨을 들이쉬고 릭의 말에 귀를 기울였다.

"…… 모든 치유의 근원은 사랑입니다."

나는 참았던 숨을 내쉬었다. 내 마음 속에 단단히 또아리를 틀고 있던 저항감이 스르륵 풀리기 시작하는 느낌이었다.

릭은 우리에게 단상으로 올라오라고 손짓했다. 한나는 대번에 자리를 박차고 나갔다. 한나는 사람들의 관심받는 걸 좋아했다. 윌이 한나를 바싹 뒤따라가고, 클로드와 나는 느릿느릿 걸어 나갔다. 로라제인이 일어나서 한나의 머리에 손을 얹었다. 한나는 눈을 감았다. 로라제인은 한나의 치유를 위해 기도하자며 클로드와 윌과 나를 자기 옆으로 오라고 했다.

우리 네 사람이 모두 한나의 머리에 손을 얹었을 때, 릭이 두 번째 줄에 앉은 사람들을 모두 단상으로 불러냈다. 그들이 로라제인과 클로드와 윌과 나를 둥그렇게 에워싸고 우리 어깨에 손을 얹었다. 이윽고 예배에 참석한 모든 사람들이 앞으로 나와 우리를 겹겹이 둘러쌌다.

죽음은 피할 수 없지만, 자기가 사랑받는 존재였다는 것을 알고 죽는 것과 그렇지 않은 것은 엄연히 다르다. 나는 겹겹이 둘러싼 사람들 한가운데 있는 한나의 환한 얼굴을 보면서 치료가 되지 않더라도 치유는 될 수 있다는 사실을 깨달았다. 한나는 언제 죽건 자신의 삶이 소중했으며 자기가 완벽하게 사랑받았다는 사실을 알고 죽을 것이다. 이보다 더 뜻 깊은 치유가 있을까?

어떤 퀼트

며칠 뒤, 받는 사람이 '한나 마텔 양'으로 된 소포가 도착했다. 콜로라도에 사는 사람이 보낸 것이었다. 이상했다. 우리가 아는 사람 가운데 콜로라도에 사는 사람은 없었다. 한나가 소포를 풀었다.

"우와, 엄마, 이것 좀 봐."

한나가 말했다.

"소가 달을 뛰어넘고 있어!"

한나가 어린이용 퀼트 이불을 펼쳐보였다. 한 땀 한 땀 공들여 만든 아름다운 작품이었다. 한쪽 천에는 크림색 바탕에 연분홍 꽃들과 이끼 색 담쟁이덩굴 무늬가 들어 있었다. 다른 쪽은 초록색·오렌지색·엷은 자주·분홍색 조각천들을 귀엽게 이어 붙이고, 분홍 하늘에 떠 있는 초승달과 하얀 별들을 껑충 뛰어넘고 있는 초록·자주·파란색 소들로 테를 둘렀다. 한눈에 봐도 엄청난 시간과 노력을 쏟아부은 작품이라는 걸 알 수 있었다. 나는 그걸 만든 사람이 누구인지 궁금했다.

상자 바닥에 손으로 직접 쓴 편지와 카세트테이프가 담긴 봉투가 있었다. 나는 편지를 훑어보고 나서 클로드가 있는 차고로 달려갔다. 클로드는 차고에서 자동차 엔진오일을 갈고 있었다.

"이것 좀 읽어봐."

나는 클로드에게 편지와 테이프를 건네주며 숨이 넘어가게 말했다. 클로드는 눈살을 찌푸리며 수건에 손을 닦았다. 클로드는 편지를 한번 죽 훑고 나서 다시 처음부터 찬찬히 읽기 시작했다. 클로드는 편지를 절반쯤 읽고 나서부터 눈물을 흘리기 시작했다.

그 편지는 몇 년 동안 만난 적이 없는 클로드의 사촌에게서 온 것이었다. 그녀는 한나가 아프다는 소식을 처음 들었을 때 한나를 위해 퀼트를 만들기로 마음먹었다고 했다. 그러나 갈수록 생활은 바빠지고 마음도 무거워졌다고 한다. 그렇게 몇 달이 지나면서부터는 한나가 죽기 전에 퀼트를 완성하기는 어려울 것 같다는 생각이 들기 시작하더란다. 그러다가 지난 주 일요일 교회에 갔는데 예배가 끝나자마자 나이 지긋한 어떤 부인이 자기한테 다가왔다고 했다.

"댁은 내가 누군지 모를 거예요."

그 부인이 클로드의 사촌에게 짐 꾸러미 하나를 건네주며 말했다.

"이유는 나도 설명할 수 없지만, 왠지 이걸 댁한테 주어야 한다는 생각이 들더군요."

부인이 말을 이었다.

"나는 퀼트를 하는 사람인데, 얼마 전에 느닷없이 이걸 꼭 만들어야 한다는 느낌이 들었어요. 어린아이용이에요. 내가 아는 건 이게 전부예요. 이걸 만드는 동안 내내 나도 이게 누구 것일까 궁금했어요. 지금도 그건 알 수 없지만, 지난 주 교회에 왔을 때 무엇인가가 내게 말해주더군요. 당신한테 이걸 주어야 한다고요."

클로드의 사촌은 울기 시작했다. 그리고 그 부인에게 한나 이야기와 자기가 한나에게 만들어주고 싶었던 퀼트 이야기를 들려주었다. 그러자 그 부인도 눈물을 흘리기 시작했다. 하도 범상치 않은 일이라 클로드의 사촌은 집에 돌아와 그날 일을 자세히 테이프에 녹음했고, '사람들이 이 얘기를 믿지 않을 경우'에 대비해 테이프를 퀼트와 함께 상자에 넣어 보냈다.

나는 바로 그 테이프를 손에 들고 있었지만, 내 자신이나 그 누구에게도 증거를 들이댈 필요가 없다는 사실을 깨달았다. '믿음은 바라는 것들의 실상이요, 눈에 보이지 않는 것들의 증거' 라는 교회에서 자주 듣던 성경 구절이 갑자기 이해가 되었다. 한나의 침대 발치에 놓인 퀼트의 존재가 나에게는 충분한 증거였다.

어머니날

한나는 노아의 방주 모양으로 된 과자 한 접시를 들고 거실 참나무 테이블 옆에 서 있었다. 전날 누군가가 우리집 현관 앞에 노아의 방주 과자 한 상자를 놓고 갔는데, 방금 오븐에서 꺼내 왔는지 그때까지 과자가 따뜻했다. 그 과자는 유치원에서 있을 어머니날 티 파티에 가지고 가기에 안성맞춤이었다. 나는 캠코더를 들고 그 순간을 비디오에 담고 있었다.

작년부터 나는 일기를 쓰듯 그때그때 생각날 때마다 카메라에 한나의 모습을 기록해 오고 있었다. 한나의 발병과 재발을 겪으면서 나는 절박한 심정으로 수없이 사진을 찍어대고 꼼꼼히 일기를 썼다. 그러다가 병이 휴지기에 접어들기라도 한 듯 오랫동안 한나의 상태가 더 악화되지 않자, 아직 시간이 더 있을 거라는 생각이 들기 시작했고, 자연히 한나의 마지막 모습을 기록해 두겠다는 열의도 시들해졌다. 그런데 요즘은 느낌이 전과 달랐다.

한나는 접시를 테이블에 내려놓고 치마 앞자락에 손을 닦았다.

"엄마, 나 어때?"

"아주 예뻐요, 꼬마 아가씨."

한나의 뺨은 발그레하고 눈은 초롱초롱했다. 한나는 바깥에서 하도 많은 시간을 보내서 5월 햇볕에 벌써 살갗이 그을었다. 우리를 모르는 사람들은 요즘 한나의 머리 모양을 칭찬하곤 했다.

아직은 머리가 무척 짧지만, 디즈니 만화영화 〈피터팬〉에 나오는 팅커벨 머리처럼 차분하게 누울 정도로는 자랐다. 잔잔한 보라색 제비꽃 무늬가 들어 있는 한나의 드레스는 허리선이 가슴 바로 밑에 붙어 있고, 넓은 레이스 칼라가 달려 있었다. 한나는 드레스와 같은 천으로 만든 머리띠도 두르고 있었다. 한나가 카메라를 보고 웃으며 머리띠에 달린 나비 리본을 톡톡 두드렸다.

"내 머리랑 머리띠에 달린 리본을 보세요. 그리고 내 드레스도요."

한나가 치마 앞자락을 매만지며 말했다.

"또 내 타이츠랑 빨간 구두도요."

한나가 카메라를 향해 발레리나처럼 한쪽 다리를 쭉 내뻗고 말했다. 한나는 잠시 두 팔을 옆으로 늘어뜨리고 말없이 카메라를 응시했다. 그러고 나서 도로 과자를 집어 들었다.

"엄마, 빨리 가자. 티 파티에 늦으면 안 돼."

나는 카메라를 끄고, 그걸 가방에 집어넣으려고 쪼그려 앉았다. 한나가 다가와 내 목에 팔을 둘렀다.

"엄마, 엄마도 예뻐."

"고마워요, 꼬마 아가씨."

나는 한나를 살짝 안아주었다.

그날 아침 일찍 옷장 앞에 서서 뭘 입을까 고민하는데, 어쩌면 이번이 내가 사람들 앞에서 한나의 엄마 노릇을 할 마지막 기회가 될지도 모른다는 생각이 들었다.

앞으로도 유치원에는 갖가지 행사와 졸업식 따위가 있겠지만, 그런 자리에서 한나의 이름은 불리워지지 않을 것이고, 당연히 나 또한 참석하지 않을 것이다. 나는 이번 기회를 잘 이용하기로 했다.

한나가 내 침대에 걸터앉아 있는 동안 나는 내가 가지고 있는 임부복 가운데 가장 예쁜 것을 골라 입었다. 상아색과 복숭아색 실크로 만든 옷이었다. 나는 신경써서 화장을 하고 손목에 향수를 한 방울씩 찍어 바른 다음 넓고 하늘하늘한 테가 달린 연분홍색 모자를 썼다. 한나가 손뼉을 치며 호들갑을 떨었다.

"엄마, 엄청나게 예쁘다."

이미 출근 시간에 늦어버린 클로드가 한 번에 두 칸씩 계단을 올라오는 소리가 들렸다. 클로드가 방 안을 들여다보았다.

"나가기 전에 우리 딸이랑 당신한테 뽀뽀하려고."

클로드가 말했다. 클로드는 우리가 곱게 차려입은 것을 보고 웃으며 휘파람을 불었다.

한나가 꺄악, 소리를 지르며 침대에서 바닥으로 팔짝 뛰어내렸다.

"아빠, 가기 전에 내 키가 얼마나 컸는지 봐줘."

한나가 턱을 천장을 향해 치켜들고 꼿꼿이 서서 말했다.

클로드는 웃으며 한나 뒤에 가서 섰다. 그리고 한나 머리 끝에 댄 손바닥을 그대로 자기 허리띠 바로 위로 끌어당겼다.

"우와, 우리 아가씨가 오늘은 아빠 허리띠 위까지 컸는걸."

한나는 생글거리며 클로드 앞에서 덩실덩실 춤을 추었다. 몇 주째 날마다 똑같은 과정을 되풀이했다는 게 두 사람한테는 아무 문제도 안 되는 모양이었다. 클로드가 한나의 죽음을 생각하는 데 거센 저항감을 느끼고 있다는 걸 마치 한나가 알아차리기라도 한 것 같았다. 클로드와 한나는 그저 같이 있기만 하면 실없이 즐거워했다.

클로드가 한나를 번쩍 들어 올리는 바람에 한나는 또다시 깔깔거리고 있었다.

"사랑해, 한나야."

클로드가 다정하게 말했다.

"나도 아빠 사랑해."

한나가 말했다.

한나의 손을 잡고 유치원으로 걸어갈 때, 문득 내가 한나의 엄마인 것이 축복으로 느껴졌다. 어떻게 이 아이를 보낼 수 있단 말인가? 나는 처음부터 치유 예배에 회의를 느꼈고 한나의 죽음을 기정 사실로 받아들이고 있었지만, 그럼에도 불구하고 기적을 바라지 않을 수 없었다.

희망이란 억누를 수 없는 믿음의 실체라는 것을 나는 알게 되었다. 두려움과 불확실성 앞에서도 희망은 마치 살아 있는 그 무엇처럼 자연스럽게 솟아나고, 자꾸만 자꾸만 되살아났다.

수프를 저으며

내가 저녁 식사를 준비하는 동안 한나는 부엌에서 원을 그리며 경중경중 뛰어다니고 있었다. 개수대 위에 있는 열린 창문으로 6월 초순의 부드러운 바람이 불어 들어왔다. 수프 냄비 위에서 딸가닥거리는 냄비 뚜껑과 김에 실려 퍼지는 수프 냄새가 모든 게 잘 되었음을 말해 주었다.

요즘 들어 의사들이 오진을 한 게 아닌가 하는 생각이 들기 시작했다. 한나는 어느 모로 보나 아픈 아이같지 않았다. 몇 주 동안 재채기 한번 하지 않았다. 지난 달까지 머리 위로 납작하게 누웠던 한나의 머리털은 적어도 2.5센티미터 이상 더 자라, 이제는 나름대로 개성을 갖게 되었다. 클로드는 사방으로 들고 일어난 한나의 머리를 '털북숭이 맘모스 머리'라고 불렀다. 한나는 잘 먹는 덕분에 몸무게도 늘고 키도 크고 있었다. 이제 잠옷밑단이 발목 위에서 달랑거렸다. 며칠 전에는 유치원 운동회에도 참여했다. 비록 빨간 에나멜가죽 구두를 신고 달리기 시합에 나가기는 했지만.

몇 달 만에 처음으로 나는 생활에서 프라이버시를 되찾았다. 한나가 병치레를 하는 동안 도와준 사람들이 고맙기는 했지만, 이따금 내 삶 전체가 상점 쇼윈도에 내놓여진 듯한 기분이 들곤 했었다. 친구들과 가족들이 내 집을 청소하고, 내 찬장을 정리하고, 더러워진 내 속옷을 빨았다. 골수 이식을 받는 동안 한나를 혼자 두고 싶지 않아, 클로드와 나는 한나의 병실에 딸린 비좁은 욕실에서 선 채로 사랑을 나누었다.

내가 자의식을 유지하기 위해 찾아낸 방법들 가운데 하나는 내가 느끼는 고통의 정도를 다른 사람들에게 발설하지 않는 것이었다. 몹시 고통스럽고 힘들면서도 사람들에게 '괜찮다', '잘 지낸다'고 말하면 가책이 느껴지면서도 은근히 기뻤다. 나는 그 말이 진실이 아니라는 걸 뻔히 알고 있었지만, 진실을 얘기하는 것보다 그렇게 말하는 게 훨씬 쉬웠고, 내가 그렇게 말하면 사람들도 안심하는 것 같았다. 요즘도 나는 똑같은 말을 하고 있었다. 물론 요즘은 진심에서 하는 말이지만.

나는 수프를 저었다. 갑자기 한나가 겅중거리기를 그치고 몸을 구부렸다. 한나는 한 번, 두 번, 세 번 기침을 하고 나서 도로 일어나 목청을 가다듬었다. 나는 스토브 가장자리에 국자를 내려놓았다. 이게 웬일인가 싶었다. 자동차 한 대가 경적을 울리며 지나갔다. 어디에선가 개 짖는 소리가 들렸다. 한나의 짧은 발레복에 달린 스팽글이 늦은 오후의 햇빛을 받아 반짝거렸다. 한나는 주먹을 입에 대고 다시 한 번 헛기침을 했다.

"이제 괜찮아, 엄마."

마침내 한나가 말했다.

"목은 간질간질한데, 기침이 잘 안 나와서 그랬던 거야."

한나의 빨간 구두가 부엌 바닥에 닿을 때마다 딸각딸각 소리가 났다. 나는 몸을 숙여 한나를 안아 올렸다. 내 품 안의 한나는 단단하고 튼실했다. 나는 모든 것을 잊고 한나에게서 나는 향긋한 체취와 체리 사탕 냄새와 아기 샴푸 냄새에 흠뻑 빠져들었다. 수프는 저 혼자 펄펄 끓어 넘치고 있었다.

할머니의 약속

친정 어머니와 한나는 한나의 방 바닥에 앉아 있었다. 두 사람은 바비 인형 상자를 뒤집어 인형들과 인형옷들과 작은 인형 신발들을 양탄자 위에 쏟아놓은 채, 바비 인형에 옷을 입히고 있었다. 예쁘게 옷을 입혀, 한나가 방문 옆 구석에다 차려 놓은 바비 인형 가게에 내놓을 참이었던 것이다. 한나는 아직도 수영복을 입고 있었다. 우리 세 모녀는 오후를 수영장에서 보내며 윌과 할아버지와 벤 삼촌이 갖가지 자세로 다이빙하는 모습을 구경했다.

윌은 첫돌 이후로 해마다 7월 첫 주를 외할아버지와 함께 미시간 주 트래버스 시에서 열리는 체리 축제에서 보냈다. 윌은 올해도 체리 축제에 가게 해달라고 졸랐다. 나는 축제에 참가하는 게 윌에게 유익할 것이라는 데에 추호의 의심도 없었다. 클로드와 나는 윌에게 사랑과 관심을 쏟기 위해 최선을 다

하고 있었지만, 우리의 무게 중심이 주로 한나에게 쏠리고 있다는 사실을 부인할 수는 없었다. 한나의 건강은 느리지만 꾸준하게 나빠지고 있는 것 같았다. 한나는 날마다 전날보다 빨리 피곤해 했고, 전날보다 자주 기침을 했다. 나 역시 피곤했다. 출산을 코앞에 둔 내 몸은 무겁기가 말할 수 없었다. 한나와 나는 서로 끌어안고 자는 데 만족했지만, 윌은 당연히 불만스러워했다.

나는 어떻게 결정을 내려야 할지 고심했다. 나는 윌이 아기가 태어나는 걸 못 보는 건 바라지 않았다. 또한 한나가 죽을 때도 윌이 당연히 우리와 함께 있기를 바랐다. 이 두 가지 일이 정확히 언제 일어날지는 의사들도 모르는 탓에 내 육감을 믿는 수밖에 없었다. 클로드와 나는 낙관적인 쪽으로 결론을 내리고 시부모님과 친정 부모님께 도움을 청했다. 친정 부모님과 동생 벤이 윌을 데리러 미시간에서 뉴저지까지 차를 몰고 오기로 하고, 시부모님은 열흘 뒤 미시간으로 가서 윌을 데려오기로 했다.

한나는 바비 인형을 자기 앞에 세워놓고 외할머니를 바라보았다.

"할머니, 저한테 약속 하나 해주실래요?"

한나가 물었다.

"그럼, 하고 말고."

외할머니는 무릎 위에 얹어놓고 옷을 입히다 만 바비 인형을 들여다보며 대답했다.

"아니, 그게 아니라요. 할머니가 저한테 약속을 해주시면 좋겠어요."

한나가 조용히 말했다.

친정 어머니가 고개를 들었다. 한나가 진지한 눈빛으로 할머니를 바라보고 있었다.

"그래, 한나야, 말해 보렴."

할머니가 말했다.

한나는 말이 없었다. 할머니는 기다렸다.

"할머니,"

한나가 마침내 말문을 열었다.

"할머니가 저를 절대로 안 잊겠다고 약속해 주시면 좋겠어요."

친정 어머니의 눈에 눈물이 가득 고였다. 한나는 대답을 기다리며 할머니를 빤히 바라보고 있었다.

"약속하마, 한나야. 이 할미는 절대로 널 안 잊을 거야."

생명의 순환

동이 트기 직전 산통 때문에 잠이 깬 순간, 오늘이 바로 그날이 라는 걸 직감으로 알 수 있었다. 나는 캐티 간호사에게 전화를 걸었다. 클로드와 내가 병원에 가 있는 동안 캐티가 한나와 함께 있어주기로 했기 때문이다. 윌에게는 전화를 걸어봐야 소용 없었다. 윌은 벌써 할아버지 할머니와 집으로 오고 있는 중인 데, 다음날이나 되어야 뉴저지에 도착할 터였다.

새벽 거리는 한산하고 조용했다. 클로드가 차에 짐을 싣는 사이, 나는 한나의 약 복용법을 메모했다. 나흘 전부터 캐멀레 이커 박사는 한나에게 타이레놀과 함께 코데인(진통·수면제) 을 처방했다. 그러나 한나는 네 시간 간격으로 약을 복용하고 있는데도 걷기조차 힘들었고 심한 통증에 시달렸다. 어제 우리 는 한나의 호스피스 간호사인 패트에게 전화를 걸었다. 그녀가 우리에게 모르핀 주사 놓는 법을 가르쳐주기 위해 오늘 저녁 우리집에 오기로 되어 있었다. 나는 뱃속의 아기가 빨리 나와서 그때까지 집에 돌아올 수 있기를 마음 속으로 기도했다.

캐티가 막 우리집으로 들어서는데, 때마침 한나가 깨어났다. 나는 캐티의 무릎 위로 기어오르는 한나에게 입을 맞추었다.

"아기가 태어나면 곧바로 전화해 줘."

한나가 말했다.

다섯 시간째 숨이 멎을 듯한 분만의 고통을 겪고 났을 때, 마거릿 로즈가 세상으로 나와 울음을 터뜨렸다. 마거릿은 몸무게가 거의 4킬로그램이나 되고 머리숱이 많은 예쁜 아기였다. 다리 힘이 세고, 볼도 토실토실하고, 입술은 더 말할 것도 없는 장미꽃 봉오리였다. 클로드는 소맷부리로 눈물을 훔쳐내면서도 벙실벙실 웃고 있었다. 그 작은 아기를 품에 안아 아기의 보드라운 살갗이 내 살에 닿는 순간, 그 순간만큼은 더 바랄 게 없었다.

간호사들이 마거릿을 씻기고 배냇저고리를 입히는 사이, 클로드가 한나에게 전화를 걸었다.

"축하한다, 한나야. 네가 드디어 언니가 됐어."

클로드가 말했다.

"우리 아기 이름은 마거릿 로즈란다."

"와, 신난다."

한나가 말했다.

"브라이어 로즈랑 똑같은 여자 아기네. 마거릿한테 나랑 캐티 언니가 곧장 거기로 간다고 얘기해 줘."

"아니야, 한나야."

클로드가 다급하게 말렸다.

"여기까지 올 필요 없어. 의사 선생님들이 그러시는데, 엄마랑 마거릿이 건강해서 오늘 집으로 가도 된대. 그러니까 너는 캐티 언니랑 집에서 기다리면 돼. 되도록 빨리 갈게."

한 시간 뒤, 병원 신생아실에서 간호사들이 마거릿을 씻기고 몸무게 재는 모습을 지켜보던 클로드는 누군가가 창문을 쾅쾅 두드리는 소리를 들었다. 고개를 돌려보니, 캐티의 품에 안긴 한나가 활짝 웃으며 손을 흔들고 있었다. '난 언니야'라는 글씨가 적힌 커다란 배지를 가슴에 달고서.

"안 와도 된다고 몇 번이나 얘기했는데, 한나가 고집을 부리는 바람에……"

캐티가 말했다.

"한나가 하는 말이, 자기랑 윌은 이제 '언니, 오빠'가 되었는데, 언니가 해야 하는 가장 중요한 일 가운데 하나가 병원으로 아기를 보러 가는 거라잖아요."

"한나가 많이 아파하지 않던가요?"

클로드가 물었다.

"한나가 혹시 자기가 아플지도 모르니까 약을 가지고 가자고 했어요."

캐티가 말했다.

"참, 그리고 말씀을 안 하셔서 알고 계시는지 모르겠는데, 윌이랑 할아버지 할머니한테서 전화가 왔어요. 미시간에서 원래 예정했던 것보다 하루 일찍 출발하셨다고요. 오늘 오후쯤 집에 도착하실 거래요."

내가 퇴원 수속을 기다리는 동안 클로드는 월과 부모님을 만나러 집으로 갔다. 한나는 병원에 있게 해달라고 했다. 한나는 진통제를 먹고 마거릿과 내가 있는 침대에서 잠이 들었다.

두 딸을 한꺼번에 품에 안는 행운을 누리게 될 줄은 몰랐다. 다른 경우의 수도 얼마든지 있다는 걸 나는 알고 있었고, 그게 공연한 걱정은 아니었다. 내가 사람들에게 임신 소식을 처음 알렸을 때, 사람들의 눈빛이 한결같이 흐려졌다. "정신이 있는 거야? 대체 무슨 생각으로 아이를 가졌어?"라고 말하고 싶었을 것이다.

의사들이 한나에게 남은 시간이 석 달뿐이라고 했을 때, 나는 이 아기가 한나가 죽기 전에 태어날 것인지를 계산하는 데 1초도 걸리지 않았다. 아무래도 불가능한 상황인 것 같았다. 하지만 클로드와 내가 아기를 갖기로 한 것은 머리로 내린 결정이 아니라 가슴으로 내린 결정이었다. 나로서는 천지만물을 주관하는 하느님이 어떤 식으로든 우리를 지켜보고 계시리라 믿는 수밖에 없었다.

한쪽에서는 갓난아기의 숨소리가, 또 한쪽에서는 한나의 숨소리가 들리는 지금, 나에게 더 큰 은총이란 있을 수 없었다. 같은 세상에서 두 딸을 동시에 보고 있고, 월이 집으로 오고 있으니.

나비의 변태

나는 침실 흔들의자에 앉아 태어난 지 일주일 된 마거릿에게 젖을 물리고 있었다. 윌은 방바닥에 앉아 공룡에 관한 그림책을 발치에 펼쳐놓은 채 창밖을 내다보고 있었다. 한나는 침대에 있었는데, 분홍색 담요를 덮고 베개 더미에 비스듬히 등을 기댄 자세였다. 눈은 감겨 있었지만 잠든 것 같지는 않았다.

며칠 전 한나가 말했다.

"엄마, 나 너무 아파. 엄마 아빠 냄새가 나는 침대에서 자고 싶어."

한나의 종양은 급속히 자라 갈비뼈와 척수를 압박할 만큼 커져 있었다. 하루 24시간 내내 모르핀이 몸 속으로 투여되는데도 걷지를 못해 안아 옮겨야 했다. 한나는 화장실에 데려다달라고 할 때 말고는 있던 자리에 그대로 있는 데 만족하는 것 같았다.

나는 한나를 돕기 위해 내가 할 수 있는 일이 더는 없다는 데 좌절감을 느꼈다. 한나에게 어떻게 죽음을 준비시키고 우리는 어떻게 준비해야 하는지에 대한 정보가 절실하게 필요한 상황이었다. 패트가 힘 닿는 대로 정보를 모아다 주었지만 그녀가 일하는 병원은 죽어가는 아이들을 다루는 경우가 거의 없었다. 우리 지역에 있는 다른 병원들도 마찬가지였다.

한나에게 마거릿의 탄생을 준비시키는 데 필요한 책과 비디오가 병원에 셀 수 없이 많고 심지어 강좌까지 있었다는 사실이 거의 믿기지 않을 지경이었다. 한나에게 자신의 죽음을 준비시켜야 하는 이때, 전문가들은 대체 어디서 뭘 하기에 제대로 된 책 한 권이 없단 말인가?

나는 한나에게 뭐가 필요할지 열심히 궁리했다. 그러다가 생각해 낸 게 고풍스런 흔들의자였다. 한나는 늘 그 흔들의자에서 딩굴딩굴 하며 책 읽는 걸 좋아했었다. 그래서 나는 그 흔들의자가 한나와 함께 마지막 날들을 보내기에 딱 좋은 자리일 거라는 생각으로 클로드에게 그 의자를 위층으로 옮겨달라고 했다. 그러나 내 예상은 빗나갔다. 한나는 그 의자에 앉으면 너무 아프다고 했다. 나는 한나와 함께 흔들의자에 앉아 평화롭게 한나의 죽음을 맞이하는 장면을 상상했지만, 이제 그 상상은 내가 놓아버려야 할 것들 가운데 하나가 되고 말았다.

윌이 나에게로 눈길을 돌렸다.

"엄마, 몸이 해골로 변하는 데 시간이 얼마나 걸려요?"

한나가 윌이 묻는 걸 들었는지 눈을 번쩍 떴다. 죽음은 요즘 한나가 관심을 보이는 주제들 가운데 하나였다.

나는 '대충 넘겨야지' 하고 생각했다. 진실을 얘기하고 두려움에 맞설 준비는 되어 있었지만, 아직 이런 대화를 나눌 준비는 되어 있지 않았다.

"그건 엄마도 잘 몰라, 윌."

마음 속으로부터 그런 건 알고 싶지도 않다는 저항감이 느껴졌다.

윌은 시체의 부패 속도를 곰곰이 생각해 보고 있는지 입술을 오므리고 이마를 찌푸렸다. 한나는 나름대로 자기 생각을 갖고 있었다.

"있잖아, 사람들이 오빠 몸은 땅에 묻을 수 있지만, 오빠 영혼은 못 묻는다!"

이렇게 말하는 한나의 눈이 장난기로 반짝였다.

한나는 생글생글 웃고 있었다. 윌도 한나를 보고 웃었다.

"다행이네."

윌이 말했다. 윌이 다시 내게 물었다.

"엄마는 어떻게 생각해요? 우리 몸이 땅에 묻혀도 영혼은 하늘나라로 가나요?"

나는 아까부터 이 질문이 나오기를 기다리고 있었다. 심지어 내가 먼저 얘기를 꺼낼까 하는 생각도 있었는데, 마침 아이들이 알아서 질문을 해주니 다행이다 싶었다.

"음, 엄마 생각엔……."

생각은 저만치 앞서가는데, 말은 생각을 느릿느릿 뒤따랐다.

"몸은 너무 아프거나 너무 늙어서 더 살 수 없게 되면 죽지만, 몸이 죽어도 영혼은 자유로울 것 같아."

"엄마, 몸이 죽은 뒤에 영혼은 어떻게 되는데요?"

윌이 물었다.

"그건 엄마도 잘 몰라."

나는 솔직히 대답했다.

"어떤 사람들은 몸이 죽고 나면 영혼은 하늘나라로 간다고 믿는데, 엄마 생각에도 그럴 것 같아."

"나도."

한나가 말했다.

윌은 더 알고 싶어했다.

"성경책에 그렇게 나와 있다는 건 나도 알아요. 하지만 다르게 생각하는 사람들도 있을 거 아녜요?"

윌이 물었다.

"요즘 엄마가 '임사 체험'이라고 하는 것에 관한 책을 읽고 있거든. 그 책에 보니까, 흔한 일은 아니지만 사람들은 아주 큰 수술을 받거나 자동차 사고를 당했을 때 아주 잠깐 동안 죽음을 경험하는 경우가 있는데, 그럴 때 의사들이 재빨리 그런 사람들을 살려낸대. 이런 일을 겪은 사람들은 죽음을 긴 터널이라고 말하고 있어. 그 터널이 끝나는 곳에 아주 아름다운 세상이 펼쳐져 있기라도 한 것처럼 터널 끝에 밝은 빛이 비친대. 그래서 자기도 모르게 그 빛을 따라가게 된다는 거야. 물론 모든 사람이 죽음이 이럴 거라고 믿지는 않아. 엄마 생각에도 우리가 직접 겪어보기 전에는 알 수 없을 것 같아."

나는 얘기를 이어나갔다.

"나비가 날 준비가 될 때까지 고치 안에서 자란다는 거 알지? 소라게가 소라 껍질 속에서 살다가 몸이 더 커지면 다른 소라 껍질로 옮겨간다는 것도? 엄만 죽음도 그와 비슷한 거라고 생각하고 싶어."

"난 나비가 될 거야."

한나가 이러더니 구부정하게 굳은 등을 베개에 기대고 눈을 감았다.

한나의 방

한나가 침대 한켠에서 다리만 겨우 분홍색 담요로 덮고 선잠을 자고 있었다. 한나는 면으로 된 속바지 하나만 입고 있었다. 옷이 너무 따갑다고 해서 다른 옷은 입힐 수가 없었다.

한나가, 포근한 분홍색 배냇저고리에 폭 싸인 채 곁에서 자고 있는 마거릿에게 한쪽 팔을 둘렀다. 7월 하순의 뜨거운 태양이 지붕을 달구고 있는데도 창문에서 윙윙 돌아가는 에어컨 탓에 방 안 공기는 서늘했다. 한나는 통증이 심해질수록, 방을 더 시원하게 해달라고 했다.

나는 링거에서 모르핀이 똑똑 떨어지는 리듬에 맞추어 흔들 의자를 앞뒤로 흔들었다. 한나의 종양이 커질수록 모르핀 양도 많아졌다. 그런 식으로나마 한나의 통증을 누그러뜨릴 수 있다는 게 다행스러웠지만 모르핀이 효력을 발휘할수록 한나가 지금 죽을 만큼 아프다는 사실을 믿기가 어려워졌다. 요즘은 당장이라도 한나가 잠에서 깨어나 온가족이 함께 외식을 하러 나가자며 옷을 입혀달라고 할 것만 같았다.

클로드는 나보다 훨씬 더 공상에 빠져 있는 듯했다. 캐멀레이커 박사가 모르핀 양을 늘려 처방전을 써줄 때마다, 클로드는 한나가 모르핀에 중독될까 걱정이라며 모르핀 양을 늘릴 필요가 있느냐고 의문을 제기했다. 그러나 클로드에게 대고 죽은 사람이 중독되는 일은 없다는 말을 할 수 있을 만큼 강심장을 지닌 사람은 없었다.

나는 계속 흔들의자에 몸을 싣고 앞뒤로 리듬을 탔다. 서랍장 위에는 『죽음과 임종』, 『빛의 포옹』, 『사랑하는 사람의 죽음 앞에서 삶을 지속하는 법』 따위의 책들이 한나가 달라고 했다가 안 먹고 팽개쳐둔 말라붙은 치즈 조각처럼 무심하게 쌓여 있었다. 한나가, 자기가 볼 수 있게 커튼 레일에 걸어달라고 부탁한 크리스마스 드레스조차 숨을 멈추고 있는 것 같았다.

나는 눈을 감았다. 잠을 너무 못 잔 탓에 눈꺼풀이 무겁고 따끔거렸다. 눈은 감았지만 한나가 나를 바라보고 있다는 걸 느낄 수 있었다. 나는 천천히 눈을 떴다. 한나가 나를 향해 팔을 뻗었다.

"엄마, 나 좀 내 방으로 데려다 줘."

그 순간 정신이 번쩍 들었다. 한나가 화장실 말고 다른 데로 가자고 하는 게 며칠 만에 처음이었던 것이다. 어쩌면 지금이 우리가 애타게 기다려온 바로 그 순간인지도 몰랐다. 한나가 다시 삶에 흥미를 보이고 있었다. 나는 뼈밖에 남지 않은 한나의 엉덩이와 등 밑으로 두 손을 조심조심 부드럽게 넣어 한나를 침대에서 들어 올렸다. 그리고 한나의 몸이 내 품에서 편하게 자리잡을 수 있도록 여유를 주기 위해 천천히 움직였다. 한나 몸 속의 장기들이 점점 커지는 종양에 눌려 신음하는 소리가 내 귀에 들리는 듯했다.

한나는 빼빼 마른 팔로 내 목을 감고 다리를 내 엉덩이에 둘렀다. 한나가 힘껏 나한테 달라붙었는데, 나는 한나에게 그런 힘이 있다는 데 놀라움을 금할 수 없었다. 한나가 내 어깨에 머리를 기댔다. 나는 뺨에 와 닿는 '털북숭이 맘모스' 머리의 부드러움을 음미하며 깊이 숨을 들이쉬었다. 방이 서늘한데도 한나의 몸은 이상하게 뜨거웠다. 한나는 좀처럼 꺾일 줄 모르는 열에 들떠 있었다. 내 가슴에 닿은 한나의 가슴이 팔딱거렸다. 우리 둘의 가슴이 고동치는 게 고스란히 느껴졌다. 내 가슴은 느리고 무겁게, 한나의 가슴은 빠르고 가볍게 뛰고 있었다.

나는 한나를 침대에서 들어 올릴 때 한나가 자기 방에 앉아 인형들을 늘어놓고 옷 입히는 모습을 상상해 보았다. 나는 이런 상상이 아직 마르지 않은 화가의 캔버스처럼 손상되기 쉽다는 걸 알고 있었다. 한나를 안고 계단을 내려갈 때, 나는 한나에게 충격이 가지 않게 하려고 필사적으로 노력했다. 마침내 한나의 방 앞에 이르자, 한나가 손을 뻗어 문설주를 잡았다.

"날 내려놓지 마, 엄마. 안으로 들어가지도 말고."

한나가 말했다.

"그냥 내 방을 보고 싶어."

우리는 문턱에 서서 늦은 오후의 햇살 속에 부옇게 떠다니는 먼지 알갱이들을 바라보았다. 분홍색 담요와 '달을 뛰어넘는 소' 퀼트가 한나의 침대 위에 주름 하나 없이 깔끔하게 펼쳐져 있었다. 인형들이 선반 위에 줄지어 앉아 멍하니 앞을 바라보고 있었다. 유치원에서 소풍을 갔을 때 주워온 조가비 두 개가 한나의 서랍장 위에 나란히 놓여 있었다. 거의 일 년 전 생일 파티 때 한나가 만든 요술 지팡이는 방바닥 한가운데 놓여 있었다. 나는 그 요술 지팡이를 흔들어 모든 것에 생명을 불어넣고 싶었다.

나는 한나가 작별 인사를 하고 있다는 걸 알고 있었다. 그러나 나는 그럴 준비가 되어 있지 않았다. 분홍색으로 예쁘게 꾸민 방, 바비 인형과 빨간 에나멜가죽 구두가 있는 이 방은 곧 한나였다. 내가 이 방에 작별 인사를 한다면 한나의 무엇이 남겠는가?

한나는 문설주를 잡았던 손을 놓더니 내 목에 팔을 감고 내 어깨에 얼굴을 묻었다.

"이제 그만 가도 돼."

한나가 말했다.

계단을 오를 때, 나는 한나가 내 곁에 있다는 걸 한껏 느끼기 위해 되도록 천천히 걸음을 옮겼다. 한나를 베개와 담요들로 이루어진 보금자리에 내려놓기 전에 나는 마치 무아지경에 빠진 양 가만히 서서 좌우로 몸을 흔들었다. 한나를 보내고 싶지 않았다. 이 순간이 영원히 계속되었으면 하는 마음뿐이었다.

나는 한나의 방을 생각했다. 한나가 그 방을 다시 못 보게 되는 건 얼마든지 있을 수 있는 일이지만 도저히 상상할 수 없는 일이기도 했다. 그 방은 언제까지나 한나가 돌아오기를 기다릴까? 그 방이 언제까지나 한나의 방으로 남아 있을까? 그 방이 과연 한나를 잊을까? 하는 의문이 들었다. 그리고 내 자신에 대해서도 똑같은 의문이 들었다. 나는 과연 한나가 돌아오지 않으리라는 사실을 받아들일 수 있을까? 내 자신을 늘 한나의 엄마라고 여길까? 내가 언젠가는 한나를 잊을까?

나는 마거릿을 안고 침대 발치에 앉아 있었다. 아침 나절이었다. 클로드는 이미 출근을 했고, 월은 방바닥에 앉아 콘플레이크를 먹으며 텔레비전을 보고 있었다.

한나가 몸을 뒤척이다가 느릿느릿 일어나 앉았다. 나는 한나를 돌아보았다. 한나의 살갗은 거의 투명하다시피 했다. 거의 일주일째 음식을 한두 숟가락 이상 먹어보지 못했다. 한나가 수척해질수록 종양은 커졌다. 왼쪽 옆구리가 오른쪽 옆구리와는 확연히 다르게 잔뜩 부풀어 있었다. 갈비뼈를 덮고 있는 살갗은 끊임없이 피를 빨아들이는 암의 식욕을 채워주기 위해 쌓인 혈관 덩어리 때문에 진한 보랏빛을 띠고 있었다.

이따금 한나는 옆구리를 문질러달라고 했다. 그래서 차가운 손바닥으로 한나의 뜨겁고 무감각한 살갗을 정성껏 어루만질 때면 내가 한나의 종양을 부드럽게 애무하고 있다는 생각이 들어 끔찍했다. 한나는 나름대로 종양과 친구가 되어 그걸 조심 조심 공손하게 다루고, 그게 푹신한 자리에서 쉴 수 있도록 제 몸을 베개에 대고 편한 자세를 취했다. 그러나 나는 도저히 그 놈의 것과 친해질 수 없었다. 그게 없어지기만을 바랐다.

한나가 나를 바라보았다. 한나는 통증이 오는지 움칫하더니 이내 미소를 지었다.

"엄마, 내가 하늘나라에 가더라도 언젠가는 다시 돌아오게 된다는 거 알아?"

한나가 조용히 물었다.

나는 대답하기에 앞서 잠시 생각에 잠겼다. 나는 한나에게 진실을 얘기해 주고 싶었다. 하지만 문제는, 무엇이 진실인지 를 나도 정확히 알지 못한다는 것이었다. 여섯 살 이하의 아픈 아이들은 죽음을 잠시 이곳을 떠나는 것으로 상상하고 장례식 이 끝나면 사랑하는 사람들이 돌아올 것이라고 생각한다는 얘 기를 책에서 읽은 적이 있었다. 한나도 그렇게 생각하고 있는 지 궁금했다.

나는 숨을 깊이 들이쉬었다. 한나는 이제 고개를 한쪽으로 젖힌 채 웃고 있었다. 나는 한나의 얼굴을 찬찬히 살펴보았다. 기대에 들뜬 밝은 얼굴일 뿐 어두운 기색은 없었다. 한나가 내 마음을 읽고 내가 딜레마에 빠졌다는 사실을 즐거워하고 있다 는 느낌이 들었다. 나는 잠시 눈을 감았다. 내 눈꺼풀 뒤에서 믿을 수 없는 환영이 떠올랐다. 한나가 어둠 속에서 환하게 웃 는 얼굴로 춤을 추며 손을 흔드는 모습이 보였다. 나는 그대로 눈을 감은 채 웃음을 지었다.

바로 그 순간 나는 무슨 일이 생기든 한나의 일부는 결코 죽지 않고 늘 나와 함께 있으리라는 것을 알게 되었다. 그것은 믿음이 아니었다. 희망도 아니었다. 그것은 마음의 작용에 구애받지 않는 확실한 인식이자 지극히 평온하고 깊이 있는 신뢰의 체험이었다.

나는 눈을 뜨고 마음 속에 담아두었던 말을 꺼냈다.

"그래, 한나야, 알아."

내가 말했다.

한나는 베개에 등을 묻고 눈을 감았다. 그리고 미소를 지었다.

신뢰란 무엇을 믿는 게 아니라 믿음을 놓아버리는 것이다. 신뢰는 어떤 일이 장차 달라지기를 바라며 기도하지 않는다. 신뢰는 아무것도 거부하지 않는 고요한 마음이며 어떤 것을 있는 그대로 믿고 인정하려는 마음가짐이다.

Compassion

슬픔의 양파 껍질을 벗기며

윌과 한나의 대화

한나는 갈수록 말수가 줄었다. 이제 한나의 입에서 나오는 말한마디 한마디가 한나의 마지막 말이 될지도 모르는 상황이었다.

"엄마, 윌 오빠 어디 있어?"

한나가 거의 속삭임에 가까운 목소리로 물었다.

윌이 몸을 한 번 굴려 일어나 앉았다. 윌은 방바닥에 드러누워 영화를 보던 중이었다. 들릴락 말락하게 소리를 낮춰놓고서.

"나 여기에 있어, 한나야."

윌이 텔레비전을 끄고 다정하게 말했다.

한나는 윌의 얼굴이 보일 만큼 고개를 옆으로 돌렸다. 둘은 말없이 서로를 바라보았다.

"오빠, 내가 너무 아파서 다시는 놀 수 없다는 거 알지?"

한나가 물었다.

나는 윌이 뭐라고 대답할지 궁금해, 말하기도 숨쉬기도 조심스러웠다.

"응, 알아, 한나야."

윌이 조용히 말했다.

"그래서 슬프니?"

한나는 가만히 윌을 바라보고 있었다.

"아니."

한나가 고개를 저으며 말했다.

두 아이가 나를 바라보았다. 나는 두 아이의 눈길이 머리핀 집쇠에서 빠져나온 내 머리칼과, 주름 잡힌 이마와, 무거운 눈꺼풀과, 창백한 얼굴에 와 닿는 걸 느낄 수 있었다. 내 몰골은 피곤에 절어 있었으나 나는 피곤함을 느끼지 못했다. 내가 느낀 것은 경외감이었다. 윌과 한나가 너무도 천진난만하게 세상에서 두 사람이 공유할 수 있는 가장 친밀한 순간을 경험하고 있는 것을 보자 마음이 겸허해졌다. 두 아이는 진실을 말하고 진실을 행하는 게 궁극적으로 어떤 것인지를 단숨에 나에게 보여주었다.

친절 유감

나는 그 여자가 호의를 품고 있었다는 것을 안다. 그 여자가 무슨 수로 우리 사정을 알았겠는가.

일요일 오후 제이씨페니 백화점에서 옷을 잘 차려입은 어떤 중년 부인이 우리와 함께 엘리베이터를 탔을 때, 겉으로 드러난 우리 모습을 보고 우리의 속사정을 짐작하기란 어려웠을 것이다. 그 부인은 나에게 상냥하게 웃어 보이고 내 품에 안겨 있는 마거릿을 들여다보았다.

부인은 호기심 어린 눈길로 자기를 바라보고 있는 윌에게 윙크를 했다.

"네가 이 아기 오빠인가 보구나."

부인이 대단하다는 듯 말했다.

"이렇게 예쁜 아이를 둘이나 두시다니, 너네 어머니는 복도 많으시구나."

"집에 여자 동생이 또 있는 걸요."

윌이 자랑스럽게 말했다.

"그 동생은 이름이 한나예요."

"그래? 그런데 왜 그 동생은 같이 안 왔니?"

친절한 부인이 물었다.

올 것이 오나 보다 싶었다. 윌은 머뭇거리지 않고 곧바로 대답했다.

"한나는 아빠랑 집에 있어요. 많이 아파서 곧 죽을 거예요."

윌이 친절하게 설명을 덧붙였다.

"그래서 한나의 장례식 때 마거릿에게 입힐 옷을 사러 온 거예요."

그 부인이 하얗게 질린 얼굴로 나를 돌아보았다. 나는 부인을 난처하게 만든 게 미안해 어색하게 웃어 보였다. 그러나 부인은 그쯤에서 끝낼 태세가 아니었다. 부인은 억지로 환한 미소를 지었다.

"그래도 동생들이 있어서 넌 참 좋겠구나."

부인이 큰 소리로 말했다.

이제 와서 윌의 입을 막을 수는 없었다.

"맞아요."

윌이 힘주어 말했다.

"우리 엄마는 유산도 네 번이나 했거든요!"

부인은 어디가 아프기라도 한 듯한 낯빛이 되어 얼른 돌아서서 2층 버튼을 눌렀다. 문이 열리자 부인은 엘리베이터를 타려고 기다리고 있는 사람들을 헤치고 매장 안으로 사라졌다.

"저 아줌마 참 친절하지 않아요, 엄마?"

윌이 내 손을 잡고 물었다.

"그렇구나."

내가 말했다.

"하지만 엄마가 유산한 얘기나 한나가 죽을 거라는 얘기는 저 아줌마가 듣기 거북했을 것 같아."

"그럴 수도 있었겠네요."

윌이 어깨를 으쓱해 보이며 말했다.

"하지만 그 아줌마가 먼저 물어봤잖아요."

화장실과 죄책감

나는 화장실에 가야 했지만 자리를 비우기가 겁났다. 한나가 죽어가고 있다는 건 누구나 아는 사실이지만, 그게 언제인지를 아는 사람은 없었다.

침실 한구석에는 호스피스 간호사 패트를 위해 켜놓은 작은 전등불이, 패트가 벌써 다녀갔지만 아직 켜진 채로 있었다. 한나의 상태를 확인하기 위해 패트가 매일 밤 두 시에 우리집에 들르곤 했다. 패트가 올 때 나는 늘 깨어 있었다. 우리는 클로드나 아이들이 깨지 않게 나지막한 소리로 소곤소곤 이야기를 주고받았다. 요즘 우리 식구는 모두 한 방에서 잠을 잤다. 월과 클로드는 바닥에서 침낭을 이용하고, 마거릿과 한나와 나는 침대를 썼다.

오늘 패트가 왔을 때 나는 늘 하던 질문을 또 했다.

"얼마나 남은 것 같아요?"

패트는 늘 똑같은 대답을 했다.

"일은 언제라도 생길 수 있어요."

나는 아직 숨이 붙어 있는 한나를 보면서 진작 화장실에 갔다 오지 않은 내 자신을 책망했다. 죽음을 앞둔 아이들이 며칠씩 질질 끌다가 혼자 남겨지는 순간에 숨을 거둔다는 얘기를 들은 적이 있었다. 만약 내가 지금 화장실에 갔는데 그 사이에 한나가 죽는다면, 한나가 내 품에서 평온하게 죽었다는 얘기 대신 내가 변기에 앉아 있는 동안 한나가 죽었다고 사람들에게 얘기해야 하는데, 과연 내가 견딜 수 있을까? 나는 차라리 볼일을 조금 더 참기로 했다.

나는, 지금 내가 보는 호흡이 한나의 마지막 숨일지도 모른다는 생각을 하면서 한나가 숨쉬는 모습을 지켜보았다. 길고 불규칙한 간격으로 가느다랗게 숨을 내뿜는 모습에서 나는 이미 죽은 한나의 모습을 보았다. 나는 한나가 죽으면 적어도 고통을 느끼지는 않겠지, 생각하려고 애썼다. 한나의 죽음이 그렇게 나쁜 일만은 아닐 거라고, 한나가 더는 고통을 겪지 않게 된다면 나야 아무래도 괜찮다고 내 자신을 세뇌하기 시작했다.

화장실에 가고 싶은 마음은 점점 간절해지고, 한나가 죽었다는 상상을 한 것 때문에 죄책감까지 들었다. 한나의 몸은 숨을 쉬기 위해 몸부림치고 있는데, 내 몸은 어떻게 시원한 배설을 생각한단 말인가? 나는 한나 옆에 엎드려 한나의 숨이 멎기를 기도하다가 숨이 계속 이어지기를 기도하다가, 갈팡질팡했다. 하느님은 내가 어서 마음을 정하기를 기다리고 계실 것 같았다. 하지만 나는 어느 편이 나을지 결정할 수가 없었다.

이제는 정말로 가야 했다. 일 분에 한 번꼴로 나는 나 자신에게 말했다.

"2분 전에 갔다 왔더라면 별일 없었을 텐데. 한나는 아직 살아 있는데."

더는 일 초도 참을 수 없게 되었을 때, 나는 화장실로 달려가 변기에 앉았다. 한꺼번에 밀려드는 죄책감과 안도감을 억누를 수 없었다.

그리고 다시 한나 곁으로 돌아왔다. 한나는 아직 숨을 쉬고 있었다. 처음에는 고마운 마음이 물밀 듯 밀려들다가 이내 가슴이 터질 듯한 고통이 뒤따랐다. 내 어찌 한나가 도저히 삶이라고 할 수 없는 이 삶을 한순간이라도 더 지탱하기를 바랄 수 있단 말인가? 비탄과 죄책감과 좌절감이 한꺼번에 몰려와, 나는 흐느끼기 시작했다. 식구들을 깨우고 싶지 않아 얼굴을 베개에 묻었다. 한나가 신음을 했다. 내 흐느낌은 더욱 거세졌다. 이렇게 두렵거나 고독해 본 적은 일찍이 없었다.

난데없이 따뜻한 느낌이 밀려들었다. 나는 베개에서 얼굴을 들었다. 이 예기치 않은 평온은 한나가 죽었다는 증표일 것이라는 확신이 들었다. 그러나 내 짐작은 빗나갔다. 한나는 여전히 숨을 쉬고 있었다. 나는 눈을 감았다. 따뜻한 느낌은 사라지지 않았다. 그제서야 나는 이 상황을 나 혼자 감당하는 게 아니라는 것을 알았다. 무슨 일이 생기든 그건 내가 좌우하는 게 아니었다. 내가 할 수 있는 단 한 가지 일은 한나와 함께 있는 것이었다. 그밖의 모든 것은 하느님 손에 달려 있었다.

평온

나는 한나의 체중이 고루 분산되도록 한나의 엉덩이 밑에 손을 넓게 받치고 부드럽게 한나를 변기에서 안아 올렸다. 한나가 움찔했다.

"미안, 한나야."

한나는 고개를 끄덕일 뿐 말은 하지 않았다.

한나는 병중에 있는 동안 내내, 심지어 골수 이식을 받았을 때조차 기저귀 차는 걸 마다했다.

"기저귀는 아기들이 하는 거잖아."

한나는 말했다.

며칠 전, 패트가 내게 이제는 때가 된 것 같다고 말한 적이 있었다. 내가 뭐라 대꾸할 겨를도 없이 한나가 끼어들었다.

"기저귀는 싫어."

"그럼 소변줄을 끼울까?"

패트가 물었다.

한나는 패트 쪽으로 몸을 기울이고 패트의 눈을 똑바로 들여다보며 말했다.

"기저귀도 싫고, 소변줄도 싫어요. 절대로."

한나를 안고 일어서자, 내 가슴에 맞닿은 한나의 심장이 콩콩 뛰는 게 느껴졌다. 한나의 긴 다리가 걸리지 않게 조심조심 화장실 문을 빠져나오려고 하는데, 한나가 내 어깨 너머로 거울을 보았다. 한나는 나더러 거울 쪽으로 더 가까이 다가서라고 했다. 나는 한나가 하라는 대로 했다.

한나는 지난 몇 주 동안 제 모습을 본 적이 없었다. 한나와 나는 말없이 거울에 비친 한나의 모습을 들여다보았다. 한나는 제 모습을 보고 놀라는 것 같았다. 한나가 조금 어리둥절한지 고개를 한쪽으로 기울였다. 겁먹거나 두려운 기색은 없었다. 오히려 재미있어 하는 것 같았다. 나는 마치 한나를 처음 보는 사람처럼 한나에게서 눈을 뗄 수가 없었다. 한나의 금발은 윤기가 없고 푸석푸석했다. 살갗은 창백하다 못해 푸르스름했다. 얼굴 오른쪽은 삐삐 말라 뼈가 앙상하게 드러나고, 왼쪽은 푹 꺼져 있었다.

우리의 눈이 거울 속에서 마주치자, 한나는 열한 달 전 생일 케이크의 촛불을 끌 때처럼 나를 바라보았다. 지금 내가 안고 있는 이 연약하고 병든 아이가 한나의 전부가 아니라는 걸 나는 알고 있었다. 한나의 일부는 이 고통 너머의, 느낄 수는 있지만 볼 수는 없는 평온 속에 살고 있었다.

정적

집 안은 고요했다. 나는 일기를 쓴 뒤, 한나가 숨쉬는 모습을 지켜보았다. 클로드가 한나를 위층으로 옮겨놓은 지 3주가 채 안 되었건만, 한나는 벌써 죽음을 향해 치닫고 있는 것 같았다. 나는 시계를 보았다. 두 시였다. 윌은 친구 집에 놀러 가고, 마거릿은 침대 한 구석에서 자고 있었다. 하도 여러 날 잠을 못 자 몹시 피곤했던 나는 눈을 감고 의자 등받이에 머리를 기댔다.

갑자기 한나가 신음을 했다. 눈이 번쩍 떠졌다. 한나는 나를 향해 팔을 뻗고 있었다. 나는 얼른 한나에게 다가가 모르핀 펌프와 브로비악 도관에 이상이 없는지 확인했다.

"많이 아프니, 아가?"

내가 한나의 머리를 어루만지며 물었다.

"모르핀이 조금 더 많이씩 들어가게 해줄까?"

한나가 여전히 신음을 하며 나에게 손을 뻗은 채 고개를 끄덕였다. 나는 모르핀 펌프의 버튼을 조절했다. 겁이 나기 시작했다. 어제 캐멀레이커 박사가 들렀을 때는 한나의 상태가 안정되어 보였는데, 지금은 그때와 완전히 달랐다. 나는 달리 어떻게 해야 좋을지 몰라 일단 한나를 안아주기로 했다. 나는 한나를 안고 침대 가장자리에 앉았다. 그리고 한나의 머리와 내 팔 사이에 부드러운 베개를 대고 분홍색 담요로 한나를 덮어주었다. 한나가 신음을 그쳤다. 숨소리는 평소와 다르게 빠르고 가빴지만, 한나의 눈은 나를 보고 있었다. 나는 수화기를 들고 클로드의 직장으로 전화를 걸었다.

"아무래도 당신이 지금 곧 집으로 와야 할 것 같아."

내가 말했다.

클로드는 한숨을 쉬었다. 화가 나는 모양이었다. 내가 이런 전화를 한 건 이번이 처음이 아니었다. 나는 마치 양치기 소년이라도 된 듯한 기분이었다.

"알았어. 책상 정리만 하고 바로 갈게."

클로드가 말했다.

나는 패트와 내 친구 케이트에게도 전화를 걸었다. 케이트는 하느님이 내게 주신 선물 같았다. 지난 한 해 동안 내게 얼마나 큰 도움을 주었는지 모른다. 집에서 손수 따끈한 음식을 만들어 갖다주고, 아이들을 봐주고, 파출부를 구해주고, 세탁물을 빨아서 개주고, 잔디를 깎아주었다.

수화기를 내려놓은 지 몇 분도 안 지났는데 케이트가 계단을 뛰어 올라오는 소리가 들렸다. 케이트는 방문을 열고 내 품에 안긴 한나를 보자마자 울기 시작했다.

"결국 때가 된 거야?"

케이트가 소리 죽여 물었다.

"모르겠어."

내가 말했다.

케이트가 마거릿을 안았다.

"우린 아래층에서 기다릴게."

케이트가 말했다.

"한 가지 더 부탁해도 되겠니?"

내가 물었다.

케이트가 고개를 끄덕였다.

"윌이 릴리네 집에서 필립이랑 놀고 있어. 릴리네 집에 전화해서 윌 좀 데려다달라고 해. 그리고 윌이 오면 곧장 여기로 올려보내고."

케이트가 나가서 방문을 닫았다. 한나는 눈을 뜨고 있었고, 나를 보고 있었다. 숨쉬기가 훨씬 괴로운 모양이었다. 호흡 간격도 점점 불규칙해졌다. 나는 울음을 터뜨렸다. 그러다가 이제 어쩔 수 없다는 심정으로 기도와 찬송을 반복했다. 어릴 때 불렀던 찬송가들과 주기도문, 시편 23편이 내 입에서 쏟아져 나왔다.

문이 열리고 패트가 들어왔다. 눈이 마주쳤지만, 패트도 나도 아무 말을 하지 않았다. 패트는 내 앞에 무릎을 꿇고 앉아 한나를 진찰했다. 한나의 몸이 이제는 간헐적으로 경련을 일으키고 있었다. 패트가 고개를 들었다. 패트의 눈에 눈물이 고였다. 나는 그게 무슨 의미인지 알고 있었다. 패트는 캐멀레이커 박사에게 전화를 걸어 한나의 상태를 차분히 설명하고, 잠시 저쪽에서 하는 얘기를 듣다가 고개를 끄덕이더니 수화기를 내려놓았다. 누군가 머뭇머뭇 방문을 두드렸다. 윌이 방으로 들어왔다. 윌은 내 품에 안긴 한나와 나를 차례로 바라보았다.

"때가 된 거예요, 엄마?"

윌이 물었다.

"그렇단다, 윌."

내가 말했다.

윌이 한나의 머리를 쓰다듬고 머리 위에 입을 맞추었다.

"사랑해, 한나야."

윌이 말했다.

한나의 눈이 윌 쪽으로 돌아갔다. 두 아이가 한동안 서로를 바라보았다. 이윽고 윌이 나에게로 고개를 돌렸다.

"엄마, 밑에 내려가서 기다리고 있을게요. 한나가 죽으면 곧바로 알려주세요, 네?"

나는 말없이 고개를 끄덕였다.

윌이 한나에게 한 번 더 입을 맞추었다.

"한나야, 내가 널 사랑한다는 거, 잊지 마."

윌은 이 말을 남기고 돌아서서 방을 떠났다.

2시 50분에 클로드의 차가 집 앞에 닿았다. 차 문이 쾅 닫혔다. 이내 쿵쿵 계단을 오르는 발소리가 들렸다.

"어떻게 된 일입니까?"

모르핀 펌프를 들고 방바닥에 앉아 있는 패트에게 클로드가 물었다.

"한나가 곧 숨을 거둘 것 같아."

나는 나 자신도 믿을 수 없을 정도로 침착하게 말했다.

"한나가 당신을 기다리고 있었어. 이제 가도 된다고 한나에게 말해 줘."

클로드는 무너지듯 무릎을 꿇으며 낮은 신음을 토해냈다. 그이의 어깨가 흐느낌으로 들썩이고 있었다. 클로드는 고개를 들고 한나에게 입을 맞췄다.

"우리 꼬마 아가씨, 이제 갈 때가 됐구나."

클로드가 말했다.

"우리 걱정은 말아. 우린 널 사랑해. 우린 괜찮을 거야."

한나의 몸은 20분 가량 더 고통에 몸부림쳤지만, 한나의 일부는 이미 자유를 느끼고 있었다. 한나는 한순간 살아 숨쉬더니 다음 순간 숨을 멈췄다. 그 순간이 너무 뜻밖이었다. 믿을 수가 없었다. 나는 한나의 눈을 들여다보았다. 파랬다. 방 안은 거의 손에 만져질 듯한 정적에 휩싸였다. 두텁고 투명한 침묵이 우리를 감쌌다.

내가 막 돌아서는데 윌이 들어왔다. 윌은 침대에 있는 한나의 몸을 힐금 보더니 천장을 향해 얼굴을 들었다.

"안녕, 한나야."

윌이 말했다.

"난 네가 여기에 있다는 거 알아. 이제 네가 아프지 않아도 돼서 얼마나 기쁜지 몰라."

윌은 한나 곁에 가 앉았다.

"엄마, 한나 좀 만져봐도 돼요?"

윌이 물었다.

"그럼."

내가 말했다.

나는 윌이 손가락으로 한나의 팔을 천천히 더듬다가 머리와 손을 다독이는 모습을 지켜보았다.

"한나의 몸이 죽었다는 걸 언제부터 느낄 수 있어요?"

월이 물었다.

"글쎄, 아마 곧 그렇게 되겠지."

내가 말했다.

월은 일어서서 다시 천장 쪽을 보았다.

"한나야, 난 피자 먹으러 갈 거야."

월이 말했다.

"조금 있다 다시 와서 널 만져볼게. 그때 와서 만져보면 네가 죽은 사람처럼 느껴지는지 지금보다 더 잘 알 수 있을 거야."

장례식

한나의 장례식 날 아침, 가족과 몇몇 친구들이 한나의 무덤가에 모였다. 날이 무척 더워지려는지 해가 밝게 빛나고 있었다. 월은 예배가 끝나기를 기다리는 동안 사촌들과 서로 밀치락거리며 키득거렸다. 월의 사촌들은 전날 장례식장에서 한나의 열린 관 앞에 서 있었던 바로 그 아이들이었다. 월이 하는 걸 보고 용기를 얻었는지 한나의 시신을 만지고 쿡쿡 찔러보는 아이들도 있었다. 그 모습을 본 몇몇 어른들 얼굴에 언짢은 기색이 비쳤다. 그 어른들은 지금도 무덤가에서 떠드는 아이들을 조용히 시키려고 애쓰고 있었다.

클로드와 나는 한나를 화장하지 않고 매장하기로 결정했다. 나는 한나의 무덤에 찾아와, 내가 잡았던 그 작은 손과 내가 사랑했던 그 몸이 땅 속에나마 있다는 걸 확인할 수 있기를 바랐다. 클로드와 월과 나는 공동묘지 두 군데를 둘러보고 난 뒤 규

모가 작고 한적한 곳에 한나를 묻기로 뜻을 모았다. 그러나 묘지 내에서 어떤 터를 고를지를 놓고는 약간의 의견 차이가 있었다. 클로드는 소나무들이 늘어선 곳에 아늑하게 자리잡은 터가 마음에 든다고 했다. 그러나 우리는 결국 윌이 좋다고 한 터로 결정했다. 작은 연못과 아름다운 정자 사이에 있는 터였다.

"나중에 내가 한나를 만나러 갔을 때 놀 곳이 있어야 하잖아요."

윌은 그 터가 마음에 드는 이유를 이렇게 설명했다.

나는 마거릿을 가슴에 꼭 껴안고 로라제인을 힐금 건너다보았다. 로라제인은 기도를 하느라 고개를 숙이고 있었다. 습도가 높은 탓에 그녀의 머리칼은 그 어느 때보다 대책 없이 꼬불꼬불했지만, 하얀 성복을 입은 모습은 무척이나 정갈하고 엄숙해 보였다. 나는 한나의 몸을 묻으려고 파놓은 구덩이 가에 서서 침착함을 잃지 않으려고 안간힘을 썼다.

묘지로 오기 전에 클로드와 윌과 마거릿과 나는 한나를 마지막으로 보기 위해 장례식장으로 갔다. 나는 한나를 크리스마스 드레스에 빨간 구두를 신겨서 묻기로 결정했다. 한나의 분홍색 담요는 우리가 그냥 가지고 있기로 했다. 나는 한나가 이해하리라 믿었다. 요즘은 그 담요를 윌이 덮고 잔다. 윌은 관을 닫아달라고 했다. 관 뚜껑을 내리기 전에 윌이 자기 베개를 한나의 머리 밑에 대주고 구슬로 장식한 부활절 십자가를 한나의 손에 놓아주었다.

"잘 가, 한나야. 네가 보고 싶을 거야."

윌이 말했다.

눈꼬리로 슬쩍 보니, 묘지 관리인인 완다가 벌써 일어나 서 있었다. 우리가 완다를 처음 만났을 때 클로드가 완다에게 강조한 몇 가지 사항 가운데 하나는, 한나의 시신을 묻을 때 어떤 혼란도 없기를 바란다는 것이었다. 클로드는 우리가 무덤을 떠날 때 한나의 시신이 우리가 무덤에 남겨둔 상태 그대로인지를 반드시 알고 싶다고 했다. 완다는 잠시 생각하고 나더니, 클로드의 걱정을 덜 수 있는 가장 좋은 방법은, 우리가 손수 한나를 묻지는 못하겠지만, 한나의 관이 무덤 속에 내려진 다음 콘크리트 천장이 닫히는 걸 우리 눈으로 직접 보는 것이라고 말했다. 클로드와 나는 그러기로 했다.

그러나 당시 나는 완다가 우리에게 한 말을 완전히 이해하지 못했었다. 얘기 도중 굴착기가 거론되었는데, 매장 절차에 왜 굴착기가 필요한지 나로서는 알 수 없었다.

"아멘."

로라제인이 기도를 마쳤다.

완다가 헛기침을 하고 나서 앞으로 나섰다.

"한나의 부모님이 천장 닫히는 걸 보게 해달라고 요청했습니다."

완다가 말했다.

"공간이 좀 필요하니 모두 3미터 정도 뒤로 물러서주시면 고맙겠……."

완다의 말꼬리가 요란한 엔진 소리에 묻혀버렸다. 나무숲 뒤편 곳에서 굴착기 한 대가 쇠사슬로 커다란 시멘트 뚜껑을 삽에 매단 채 우리를 향해 칙칙 푹푹 다가오기 시작했다. 아이들은 꽥꽥 소리를 지르며 뛰어다녔고, 어른들은 웅성거리며 길을 비켜주었다.

굴착기는 전진을 계속했다. 묘지 인부 두 명이 한나의 관을 미리 파 둔 묘실에 앉히는 동안, 멀찌감치 떨어져 서 있던 어른들은 그 모습을 관심 있게 지켜봐야 할지 정중하게 눈길을 돌려야 할지 몰라 어색해 했다. 반면 아이들은 최대한 가까이 다가왔다. 노련한 굴착기 기사가 시멘트 뚜껑을 단번에 제자리에 내려놓자, 아이들은 서로 손바닥을 맞부딪치고, 박수를 치고, 환호성을 질렀다.

클로드와 나는 서로 마주 보고 웃었다. 살아 생전 한나는 규칙을 바꿔놓는 데 주저하지 않았다. 한나의 장례식도 예외가 아니었다. 굴착기 기사가 솜씨 좋게 시멘트 뚜껑을 내려놓는 모습을 보았다면 한나도 분명 깔깔 웃어댔을 것이라고 나는 믿어 의심치 않았다.

빈자리

마거릿과 나는 긴 소파에 같이 누워 있었다. 늦가을의 눈부신 해가 창문을 통해 내 무릎으로 쏟아져 들어왔다. 어찌나 피곤한지, 나는 마거릿에게 젖을 먹이면서 깜빡깜빡 졸았다. 젖을 다 먹이고 난 뒤 나는 손가락으로 마거릿의 입술을 쓸어, 젖을 빠느라 내 가슴에 눌린 입을 풀어주었다. 따스한 젖 한 방울이 마거릿의 뺨을 타고 또르륵 굴러 떨어졌다.

마거릿이 꿈지럭거리며 나에게 코를 비볐다. 마거릿에게서 풍기는 달큰한 젖냄새를 들이마시면서 나는 눈물을 흘리기 시작했다. 우리의 삶과 내 가슴에 선물처럼 찾아든 이 자그마한 아기에 대한 사랑으로 가슴이 벅차올랐다. 그러나 마거릿과 함께 하루하루를 보내면서도 한나를 잃은 슬픔에 빠져 그 소중한 시간을 제대로 맛보지 못하는 게 가슴 아팠다.

클로드는 출근하고 윌은 학교에 갔다. 집이 마치 박물관 같아 보였다. 요즘 나는 전혀 기력이 없었다. 피곤했다. 한없이 피곤해 생각조차 할 수 없을 지경이었다. 어떤 때는 생각들이 몇 시간씩 꼬리에 꼬리를 물고 머리 속을 뱅뱅 맴돌았다. 그런 가 하면 어떤 때는 아무 생각 없이 하루가 그냥 지나가버리기 도 했다. 우리 네 식구는 석방되었는데도 감옥에서 나가기를 거부하는 죄수들처럼 여전히 위층, 같은 방에서 먹고 잤다. 한 나의 체취가 아직 남아 있는 방에 있으면, 하루하루를 살아내 기가 조금 더 수월했고 한나가 가까이 있는 것처럼 느껴졌다.

한나가 죽고 처음 몇 주 동안은 무감각한 상태에서 현실적인 일들을 처리했다. 위로 전화를 받고, 감사 편지를 쓰고, 사람들 이 보내오는 꽃다발을 꽃병에 꽂았다. 처음에는 조문객들이 거 의 쉴 새 없이 줄지어 찾아오고, 애도의 뜻을 표하는 우편물들 이 쏟아져 들어왔다.

차츰 사람들의 발길이 뜸해지자, 나는 청소를 시작했다. 집 꼭대기부터 시작해 아래로 내려오면서 한나의 방만 빼고 모든 방을 쓸고 닦았다. 그리고 나서 해야 할 일들과 만나야 할 사람 들의 목록을 작성했다. 눈에 보이지 않는 잉크로 내 계획들을 적어보기도 했다.

내 몸이 서서히 굳어가는 시멘트 통 속에 빠지기라도 한 것 같았다. 나는 점점 움직일 수 없어졌고, 이제는 슬픔에 거의 완 전히 마비된 느낌이었다.

꿈

꿈을 꾸고 있었지만 의식은 있었다. 주위의 모든 것이 밤보다 더 깊고 어두웠다. 나는 뜰 눈이 없었다.

한나가 나와 함께 있었다. 내 무릎에 한나의 무게를 느낄 수 있었고, 한나의 머리에 얹고 있는 내 턱에 그 고운 머리칼의 부드러움을 느낄 수 있었다. 한나는 나에게 몸을 기대고 있었다. 아니, 내가 한나에게 기대고 있었는지도 모른다. 나는 말없이 한나를 끌어안고 한나에게 숨을 불어넣었다.

눈을 떴다. 방에 있는 가구들의 윤곽이 어렴풋이 눈에 들어왔다. 내가 깨어 있었던 건지 자고 있었던 건지 분간이 가지 않았다. 나는 한나의 존재를 느낄 수 있었다. 마치 한나가 그저 잠시 자리를 비운 것 같았다.

눈을 감았다. 나는 한나가 여기에 있었다는 걸 알고 있었다. 한나가 돌아왔으면 하는 마음이 간절했다.

천천히 숨을 들이마시고

나는 엔진 소리를 듣고 차가 빠른 속도로 달려오고 있다는 것을 알았다. 인도와 차도 사이의 연석에 서서, 차분하고 냉정하게 어떤 이미지를 마음 속에 그려보았다. 아무 의심 없이 속력을 내고 있는 운전자가 미처 브레이크를 밟기 전에 그 앞에 몸을 내던지는 나의 모습.

한나가 죽은 지 석 달, 내 삶은 완전히 통제 불능 상태에 빠졌다. 한나를 잃은 슬픔은 내가 견딜 수 있는 정도를 넘어섰다. 죽음의 나락으로 휘돌아 내려가는 소용돌이에 갇힌 듯한 느낌이었다. 슬픔에서 벗어날 길은 없는 것 같았다. 한나의 죽음을 준비할 시간이 일 년이나 있었기 때문에 어느 정도 시간이 지나면 정상을 되찾을 수 있을 줄 알았다. 그러나 상태는, 갈수록 나아지기는커녕 점점 나빠지고 있었기 때문에 내가 패배자라는 느낌을 지울 수가 없었다.

나의 이성은 살아야 할 이유가 얼마든지 있다는 걸 나에게 확신시키기 위해 필사적으로 애쓰고 있었지만, 그런 이성의 노력은 번번이 고통에 가려 빛을 발하지 못했다. 나는 내 몸과 그 밖의 모든 것과 분리되어 있는 듯한 느낌이었다. 사랑하는 두 아이가 있고 클로드와 굳게 결속되어 있음에도 불구하고 한나가 죽고 나니 삶이 공허하고 무의미해 보였다. 한나의 죽음을 준비하려고 애쓰면서 느꼈던 무력감, 그것과 똑같은 무력감을 이제는 슬픔 속에서 느꼈다.

흰색 세단 한 대가 언덕을 올라와 요란한 굉음을 내며 지나갔다. 자동차가 일으킨 먼지가 얼굴로 날려오는 바람에 나는 고개를 돌리고 눈을 감았다. 몸이 흔들리기 시작했다. 나는 연석에서 물러서 잔디밭에 무너지듯 쓰러지고 말았다.

어떻게 해야 좋을지 알 수 없었다. 지금까지 살아오면서 문제에 부딪힐 때마다, 문제를 해결하기 위해 내가 할 수 있는 일을 하곤 했다. 그때그때의 문제와 관련된 자료를 찾아 읽고, 요점을 정리하고, 어떻게 대응할지를 세심하게 계획했다. 혼돈 가운데 질서를 세우고, 어려운 상황 속에서도 좋은 점을 찾아냄으로써 문제를 해결했다.

그런데 지금은 한나의 죽음이 나를 해체시켜 놓은 것 같았다. 아무것도 명료하게 생각할 수가 없었다. 관심의 폭은 너무나 제한되어 있어 책을 읽는 것조차 거의 불가능했다. 한나 없는 삶은 무의미하기에, 한나 없는 삶을 위해 무슨 계획을 세우거나 한나 없는 삶에서 무슨 좋은 점을 발견하려고 애쓰는 건 불순하다는 생각이 들었다.

나는 하필이면 왜 우리 가족이 이런 고통을 당해야 하는지 이해할 수 없었다. 한나 또래의 다른 아이들을 보면 가슴이 오그라들었다. 나만 인생에 속은 것 같고, 한나는 죽었는데 그 아이들은 살아 있다는 것에 강한 반감을 느꼈다. 물론 나는 한나에게 일어난 일이 그 누구의 잘못도 아니라는 걸 알고 있었다. 그래서 내가 이런 느낌을 갖는 게 몹시 부끄러웠다.

잔디밭에 쓰러진 채 나는 눈물과 좌절감을 쏟아냈다. 그리고 천천히 일어나 앉아 스웨터 소매로 얼굴을 닦고, 몸서리치며 깊은 숨을 쉬었다. 서늘한 가을 공기가 폐로 스며들어 가슴을 가득 채웠다. 가슴이 얼얼했다. 나는 잠시 숨을 참았다가 내뱉었다. 참으로 오랜만에 내 몸 안에서 나를 느꼈다. 그 느낌이 참 좋았다. 그 순간 나는 모든 생각을 잊고 내 숨결에 정신을 집중하기 시작했다. 이번에는 좀더 천천히 숨을 들이마셨다. 그리고 잠시 숨을 멈추었다가 이 사이로 내뱉었다. 이번에는 입으로 숨을 들이마시고 재빨리 코로 내쉬었다. 숨을 쉬면서 가슴이 가득 차오르는 느낌을 음미했다. 놀랍게도 내 안에 생명이 흐르는 게 느껴졌다.

그때 나는 깨달았다. 내 몸은 내가 정말로 죽고 싶어하는 게 아니라고 말하고 있다는 것을. 계속 숨을 쉴수록 마음이 누그러지면서, 굳이 내 삶을 통제할 필요가 없으며 내 감정을 부정하거나 좋은 감정을 가지려고 애쓸 필요가 없다는 자각이 뒤따랐다. 그저 매순간 내가 있는 곳에서 있는 그대로의 나를 스스로 인정하기만 하면 되었다. 나머지는 삶이 알아서 할 것이다.

홀로 남겨진다는 것에 대한 두려움

싸늘하고 눅눅한 밤이었으나 나는 집을 벗어나고 싶어 견딜 수가 없었다. 클로드와 나의 열네 번째 결혼기념일이 일주일 전이었지만 결혼기념일이 클로드와 나의 격렬한 말다툼을 그치게 하지는 못했다. 클로드는 잠자리를 원했고, 나는 거부했다. 몇 주째 무언의 분노가 우리 사이의 공간으로 쏟아져 들었다. 구애와 거절, 분노와 욕구 불만이라는 패턴은 여러 해 동안 우리 결혼 생활에서 긴장과 갈등의 원인이 되어왔다. 하지만 이번은 전과 달랐다. 전에는 일련의 사소한 충돌로 여겨졌던 것이 지금은 꼭 목숨을 건 싸움처럼 느껴졌다.

　나는 클로드가 나에게 아내 역할을 기대하는 데 점점 더 분노를 느꼈다. 클로드가 그런 기대를 갖게 된 데는 내 탓도 있다는 걸 나는 알고 있었다. 결혼 초기에 우리의 결혼 생활을 원만하게 가꿔가기 위해 내가 완벽해야 한다고 생각한 사람은 바로 나였다. 나는 클로드를 행복하게 해주기 위해 몸과 마음을 다바쳤다. 그 결과 클로드는 나에게 의존하게 되었고, 나는 한편으로는 분개하면서도 한편으로는 클로드의 그런 태도가 싫지 않았다. 내가 그이에게 없어서는 안 될 사람이라는 느낌이 커질수록 나는 내가 더 많은 사랑을 받을 수 있다고 믿었다. 14년간의 결혼 생활을 통해 클로드와 나, 두 사람 다, '좋은 아내'란 점심 도시락과 깨끗하고 조용한 집, 집에서 만든 음식, 행실 바른 아이들, 요구에 즉시 응하는 섹스를 의미하는 것이라고 생각하게 되었다.

클로드와 그밖의 다른 사람들을 돌보는 데 14년을 고스란히 바치고 난 지금, 굶주린 곰 한 마리가 내 안에서 깨어나고 있었다. 나 자신을 위해 뭔가를 해야겠다는 강렬한 욕구가 내 영혼의 어두운 동굴을 가득 채운 채, 조심스럽게 빛이 흘러들어오는 곳을 찾고 있었다. 나는 아직도 거의 언제나 슬픔에 매몰되어 있었다. 그렇기 때문에 슬픔에 짓눌리지 않는 짧은 순간들이 특별히 소중했다. 나는 그 순간들을, 나에게 필요한 게 무엇인지 솔직하게 생각하고 정말로 나에게 중요한 일을 하는 데에만 쓰고 싶었다.

우리의 결혼 생활을 놓고 보면, 내가 일의 우선 순위를 바꾸기에는 때가 좋지 않았다. 클로드와 나는 한나가 죽은 뒤, 난파선 잔해에 매달려 있는 사람들처럼 절박한 심정으로 우리의 생활을 다시 추스리려 필사적으로 노력하고 있었다. 한나의 의사와 간호사, 사회복지사를 비롯해 우리가 아는 모든 사람들은 클로드와 내가 한나의 투병 기간 내내 서로 협력해 나가는 모습을 보고 감동했다. 그러나 지금은 우리 둘 사이에 늘 있어왔던 틈이 점점 더 벌어지고 있는 듯했다.

나 자신의 삶을 위해 살아야겠다는 의지만큼이나 클로드와 함께 난관을 헤쳐나가야겠다는 결심도 확고했다. 클로드 없이는 살 수 있을 것 같지가 않았다. 나는 통계 수치가 우리에게 불리하다는 걸 알고 있었다. 자식이 죽은 지 5년 안에 이혼하는 부부가 70퍼센트를 넘는다는 기사를 읽은 적이 있었던 것이다. 나는 우리 부부가 그런 부부들 가운데 하나가 되는 건 바라지 않았다.

우리 사이에 아무리 문제가 많다 해도 클로드는 한나의 아빠이며, 이 세상에서 나의 상실감을 이해하고 나와 슬픔을 함께할 수 있는 유일한 사람이었다. 나는 우리의 결혼 생활을 지키기 위해서라면 무슨 일이든 할 생각이었다. 한나를 그리워하며 홀로 지낸다는 건 나로서는 견딜 수 없는 일이었다.

세차게 퍼붓는 빗속에 고개를 숙인 채, 나는 12월 밤의 어둠 속으로 나서 정처없이 동네를 헤매기 시작했다. 이웃집 창에서 흘러나오는 따스한 빛을 보노라니, 한나를 저버린 생명이 이제는 다른 방식으로 나를 저버리고 있기라도 한 듯 절망스럽고 고독했다.

모든 것이 한나의 죽음을 벌써 잊은 듯, 내가 따라잡을 수 없게 빨리 움직이고 있다는 데 울화가 치밀었다. 왜 이 놈의 세상은 '무궁화꽃이 피었습니다' 놀이에서처럼 잠시나마 멈춰 있을 수 없는 것일까? 나는 클로드가 자기 일에서 위안을 얻을 수 있다는 데에 분노하고, 내 친구들이 자기 가족을 돌보고 이런 저런 활동을 하느라 분주한 것에 분노했다. 그러면서도 정작 나 자신은 익숙한 일상으로 돌아갈 마음이 없었다. 한때 내가 관심을 쏟았던 거의 모든 일들이 지금의 나에게는 어리석고 무의미해 보였다.

나는 내가 원하는 게 뭔지 몰랐다. 내가 알고 있는 것이라고는 오로지 외로움 속에 홀로 남겨지는 게 무섭다는 것뿐이었다.

내가 마음 한구석으로 몰아놓았던 두려움이 심호흡을 하더니 나를 삼켜버렸다. 나는 길 한복판에서 몸을 구부렸다. 낮은 신음이 새어 나왔다. 나는 두 블록 떨어진 로라제인의 집으로 달려가기 시작했다. 제발 그녀가 집에 있게 해달라고 하느님께 빌면서. 로라제인네 앞뜰을 지날 때 물이 발목까지 차는 웅덩이에 발을 디뎠으나 웅덩이에 빠졌는지조차 모를 정도로 아무 감각이 없었다.

2층 방에 불이 켜져 있었다. 나는 초인종을 누르고 현관 계단에 주저앉아 로라제인이 나오기를 기다렸다. 그러나 안에서는 아무 기척이 없었다. 나는 초인종을 다시 누르고 문을 두드리기 시작했다. 나무로 된 현관문을 주먹으로 치고 어깨로 들이받았다. 역시 응답이 없었다. 나는 계단에 주저앉아 흐느껴 울었다.

지친 몸을 끌고 집으로 향했다. 현관문을 지나 마거릿이 자고 있는 아기 방으로 올라갔다. 나는 불도 켜지 않은 채 한나가 좋아하던 흔들의자에 앉았다. 바깥에는 폭풍우가 몰아치는데 나는 흔들의자에 앉아 넋나간 듯 앞뒤로 몸을 흔들었다. 비에 흠뻑 젖은 바지가 의자의 초록색 시트를 얼룩지게 만들었다.

눈은 뜨고 있었으나 아무것도 보지 않았고, 내 외로움에 저항하기를 그쳤다. 어둠 속에서 외로움이 나를 감쌌다. 눈을 감았다. 빛도 소리도 없는 곳으로 한없이 가라앉는 느낌이 들었다. 나는 그곳의 침묵을 들이마신 다음 입을 벌려 소리 없는 비명을 내질렀다. 마치 내 안에 가둬두었던 온갖 고통을 소리 없이 세상 속으로 풀어내고 있는 것 같았다. 소리없는 비명은, 아직 내 안에 살아 있는 외로움 속에서만 감지할 수 있을 뿐 형체조차 없는 나의 존재만 남을 때까지 계속 쏟아져 나왔다.

나는 고요함 속에서 나를 쉬게 했다. 고요함이 나를 껴안고 어루만지는 것을 느낄 수 있었다. 외로웠지만 쓸쓸하진 않았다. 그때 나는 외롭다는 것과 쓸쓸하다는 것이 서로 다르다는 사실을 깨달았다. 쓸쓸함은 내 삶에 무엇인가가 빠져 있다는 생각에서 연유한다. 그건 나를 완전하게 해줄 사람이나 그 무엇이 나에게 필요하다는 뜻이다.

그러나 내가 지금 느끼는 외로움은 내가 이미 알고 있는 가슴 벅찬 자아의 체험이었다. 이 외로움 속에서 나는 내가 불완전하면서 동시에 완전하다는 사실을 알게 되었다.

임신

로라제인의 지프가 우리집 앞 차도로 접어드는 소리가 들리자마자 나는 스토브에 주전자를 얹고 찬장에서 머그컵 두 개를 꺼냈다. 나는 어느새 그녀의 예고 없는 잦은 방문에 익숙해졌고, 그녀의 방문을 은근히 기대했다. 오늘은 그녀를 만나는 게 유난히 기뻤다. 지난 주 일요일 예배 시간에 그녀는 교인들에게 기적의 절기인 부활절이 다가오고 있음을 상기시켰다. 이번 주가 기적의 주간이라면 나는 언제쯤 기적을 경험하게 될지 알고 싶었다.

요즘 들어 시장에서 잘 익은 멜론 향기를 맡거나, 우스갯소리를 듣고 크게 소리내어 웃거나, 구두코에 묻은 얼룩을 닦기 위해 몸을 숙이는 순간이 점점 많아지고 있기는 하지만, 이런 순간들은 잠시 타오르다 꺼져버리는 싸구려 성냥불처럼 덧없고 고통스럽게 느껴졌다. 요즘은 슬픔을 놓아버리고 싶은 마음이 들지 않았다. 슬픔을 놓아버린다면 한나마저 놓아버려야 할 것 같아서였다.

현관문이 열렸다 닫히고, 로라제인이 거실로 이어진 계단을 한 번에 두 칸씩 오르는 소리가 들렸다.

"여기 계셨군요."

로라제인이 내 뺨에 입을 맞췄다.

"우리 꼬마 아가씨는 어디 계시나?"

"낮잠 자는 중이니까 깨울 생각일랑 마세요."

내가 말했다.

"알았어요, 명심하죠."

로라제인은 이러더니 뒤꿈치를 들고 살금살금 마거릿의 방으로 올라갔다.

나는 그녀가 돌아오기를 기다리면서 머그컵에 뜨거운 물을 따르고 티백을 담갔다. 잠시 후 돌아온 로라제인과 나는 부엌 테이블 앞에 나란히 앉았다. 로라제인이 차를 한 모금 마시고 나에게 활짝 웃어 보였다.

"아마 임신하셨을 거예요."

로라제인이 말했다.

"간밤에 꿈을 꾸었거든요. 전에도 몇 번 태몽을 꾸었는데, 내 태몽은 한 번도 빗나간 적이 없어요."

나는 잠시 머뭇거렸다. 로라제인은 확신에 차 보였다. 나는 그녀를 실망시키고 싶지 않았지만 어쩔 수 없었다.

"그럴 리가 없어요."

내가 말했다.

"2주 전에 생리가 있었는데 임신이라니요."

로라제인은 웃음을 거두고 나를 찬찬히 뜯어보았다.

"확실해요? 믿을 수가 없군요."

로라제인이 시비조로 말했다.

"한 번도 틀린 적이 없는데."

"정말이라니까요."

내가 그녀에게 말했다.

클로드와 내가 여러 가지 문제에도 불구하고, 아니 어쩌면 그런 문제들 때문이라고 하는 게 옳을지도 모르지만, 다시 서로의 품을 찾아들고, 한 번 더 아기를 갖기로 한 건 사실이었다. 우리는 아기를 갖는 건 이번이 마지막이라는 데에도 의견의 일치를 보았다. 피임 도구 사용을 중지한 건 겨우 지난 달부터였다. 그런데 이렇게 임신이 되었다면 얼떨떨했을 것이다.

2주 뒤 나는 임신 테스트 막대의 흰 패드에 붉은 선이 나타나는 것을 확인했다.

슬픔의 양파 껍질을 벗기며

나는 윌이 잠들었는지 보려고 윌의 방을 들여다보았다.

"엄마."

턱까지 끌어올린 이불 탓에 윌의 목소리가 둔탁하게 들렸다.

"아직 안 자니?"

"예. 엄마, 내 옆에 잠깐만 누워 있을 수 있어요?"

"물론이지."

윌은 파란색 토끼 인형과 한나의 분홍색 담요로 내가 누울 자리를 마련해 주었다. 요즘 윌은 한나가 쓰던 방에서 자고 있었다. 방을 바꾸겠다고 한 건 윌이었다. 나는 윌의 침대로 올라가다가, 윌이 한나의 사진이 들어 있는 작은 액자를 내 서랍에서 꺼내다 자기 침대 옆 탁자에 올려놓았다는 것을 알아차렸다.

우리는 말없이 어둠 속에 누워 있었다. 나는 깜빡 잠이 들 뻔하다가 윌이 말하는 소리를 들었다.

"엄마, 한나가 정말로 죽었다는 걸 어떻게 알 수 있어요?"

윌의 목소리가 가늘게 떨렸다.

"한나가 관 속에서 깨어났는데 나올 길이 없어서 거기에 갇혀 있으면 어쩌나 걱정이 돼요!"

윌이 훌쩍훌쩍 울기 시작했다. 윌이 그런 걱정을 하다니 뜻밖이었다. 한나가 죽은 뒤 윌이 한나의 시신 곁에서 많은 시간을 보냈기 때문에, 나는 윌이 한나의 죽음을 누구보다 확실하게 인정할 수 있을 줄 알았다. 그러나 나는 아이들과 슬픔에 관한 내용을 다룬 책을 통해 죽음에 대한 아이들의 이해는 아이가 성장해 가면서 달라진다는 사실 또한 알고 있었다.

"오, 윌."

나는 윌을 품에 안고 말했다.

"나중에 경찰이 우리집에 와서 한나가 죽었다고 분명하게 말한 거 기억 나지? 죽은 지 사흘이 지났을 때 한나의 몸이 얼마나 차고 딱딱했는지도 기억 나지? 엄마는 한나가 죽었다고 확신하고 있어."

"그게 사흘 뒤였어요?"

"그래, 윌. 분명해. 한나는 수요일에 죽었고, 토요일에 묻혔잖아."

"아, 그렇구나."

윌이 잠옷 소매로 눈물을 훔쳤다.

"있잖아요, 엄마. 엄마가 나한테 한나가 죽을 거라고 했을 때, 내가 '앞으로는 한나가 내가 안 쓰는 다른 침대에서 자겠다고 할 때마다 그러라고 하겠다'고 말한 거 기억하세요? 그걸 한 번 어겼어요. 어느 날 한나가 내 방에서 내 야구 선수 인형들을 꺼내갔거든요. 그날 한나한테 너무 화가 나서 한나가 내 방에서 자겠다고 하는데 안 된다고 했어요. 내가 왜 그렇게 치사하게 굴었는지 모르겠어요."

이제 우리는 둘 다 울고 있었다. 한나가 죽은 지 열 달이 되었건만 슬픔은 갈수록 층이 두꺼워지고 한 겹 한 겹 벗길수록 매워지는 양파와도 같았다. 요즘은 마지막 몇 달간의 한나 모습이 뇌리에서 떠나지 않았다. 내가 한나를 보내도 괜찮을 거라고 생각했었다는 게 믿기지 않았다. 한나를 혼자 두고 화장실에 간 것부터, 너무 절망스럽고 힘겨워 참을성을 잃고 화를 낸 것까지, 모든 것에 가책을 느꼈다.

클로드 역시 회한으로 가득 차 있다는 걸 나는 알고 있었다. 몇 주 전, 한밤중에 클로드의 울음소리를 듣고 잠을 깬 적이 있었다. 클로드는 우리 침대가 온통 흔들릴 정도로 격렬하게 흐느끼고 있었다.

나는 윌의 턱을 들어 윌의 눈과 내 눈이 마주치게 했다.

"엄마한테 그런 얘길 해줘서 고맙구나."

나는 윌의 코 끝에 입을 맞추었다.

"엄마도 요즘 무척 슬퍼. 한나가 그립기도 하고. 또 엄마가 한 말이나 행동에 죄책감을 느끼기도 해. 하지만 엄만 엄마가 최선을 다했다는 걸 알아. 그리고 너도 최선을 다했다고 생각해."

"예, 엄마, 나도 알아요."

윌이 이불에다 코를 문지르며 말했다.

"한나가 나한테 그랬어요. 사람은 누구나 완전하지 않다고요."

"한나가 그랬니?"

나는 놀라서 물었다.

"한나가 언제 그런 말을 했어?"

"죽기 얼마 전에요."

월이 말했다.

"한나랑 이런저런 얘길 했어요. 한나는 나를 많이 도와주고 내가 슬프지 않게 해주었어요. 한나가 그러는데 하늘나라는 진짜 멋있대요. 그래서 자기는 겁나지 않대요. 하늘나라에도 야구 팀이 있다면 한나는 아마 새내기 팀에 들어갔을 거예요. 엄마도 한나가 어떻게 하고 있을지 상상 좀 해보세요, 네?"

"글쎄다."

내가 말했다.

"그래, 한나는 아주 신이 나 있을 거야. 지금은 하늘나라에 있으니까 머리를 길게 기를 수도 있을 테고, 귀를 뚫으려고 열여섯 살이 될 때까지 기다릴 필요도 없을 테니까."

방 정리

나는 방바닥 한가운데 앉아 한나가 남기고 간 얼마 안 되는 물건들을 정리했다. 나는 한나의 옷에 아직까지 한나의 체취가 배어 있을 거라는 믿음을 확인하고 싶어 한나의 부활절 드레스를 코에 갖다댔다. 그러나 기대와 달리 더는 한나의 체취를 맡을 수 없었다. 가슴이 아팠다. 마침내 나는 한나가 가고 없다는 것을 이해하기 시작했다.

한 달 보름 전, 한나의 첫 기일을 치를 때만 해도 나는 한나가 죽었다는 걸 믿을 수가 없었다. 로라제인과 50여 명의 친지, 교우들이 우리 교회 앞 잔디밭에 모였다. 그곳에 한나 이름으로 심어 둔 작은 목련나무 한 그루가 있는데, 한나의 기일을 맞아 그 나무를 봉헌하는 예배를 드렸다. 그날의 예배는 아름다웠지만 별로 위로가 되지는 않았다.

우리가 한나 없이 일 년을 견뎌냈으니 이제 하느님이 한나를 돌려보내주셔야 한다는 생각을 떨쳐버릴 수가 없었다. 한나는 돌아오지 않았고, 나는 한나가 죽은 이래로 가장 깊은 우울에 빠져 사흘을 보냈다.

2주 뒤 한나의 다섯 번째 생일을 맞았을 때는 우울증도 한풀 꺾였다. 클로드와 윌과 나는 한나가 좋아할 만한 일을 하는 것으로 한나의 생일을 기념하기로 했다. 우리는 분홍색 자동차를 빌리려고 자동차 임대 업소에 갔으나 분홍색 차는 없다고 하여 빨간색 컨버터블을 빌렸다. 클로드와 나는 앞자리에 타고 윌과 마거릿은 뒷자리에 앉아, 머리칼을 바람에 휘날리며 한나의 날을 보냈다.

지금 나는 한나의 부활절 드레스와 분홍색 꽃무늬 잠옷과 한나가 처음 신었던 빨간 구두를 종이에 싸서 상자에 넣고 있다. 그리고 한나가 수집한 가지각색의 일회용 반창고와 조개 껍질과 유치원 미술 시간에 만든 공작물들을 그 위에 조심스럽게 얹었다. 뚜껑을 닫아, 불룩한 배로 상자를 받치고 위층으로 올라가 그것을 우리 침대 밑에 밀어 넣었다.

이것만은 누구에게도 주지 않기로 했다. 다른 사람이 쓰기에는 너무 특별한 것들이기에.

나머지 옷들은 벽장에 쌓아두고, 장난감 상자와 인형의 집과 바비 인형과 차 세트는 마거릿의 방으로 옮겼다. 정리가 끝났을 때, 나는 방바닥에 엎드려 가슴이 말라붙도록 울고 또 울었다.

나는 누구?

욕실 거울 앞에 서서 거울에 비친 내 모습을 뚫어지게 바라보
았다. 거울 속의 내가 진짜 나인가 싶었다. 거울 속의 얼굴은
내가 기억하고 있는 내 얼굴보다 더 각지고 수척하고, 눈은 내
가 볼 수 없는 무엇인가에 초점이 맞춰져 있었다. 거울 속의 나
는 피곤하고, 단호하고, 지혜로워 보였다. 이게 누구지? 의문
스러웠다. 이 여자는 어떤 삶을 살고 싶어하는 걸까?

한 달 전, 그러니까 11월 하순, 매들레인 그레이스가 태어났
다. 매들레인을 처음 안았을 때, 그제서야 온전한 엄마가 된 듯
한 느낌이었다. 나는 매들레인이 내가 낳는 마지막 아기라는
것을 알고 있었다. 매들레인을 갖게 된 게 가슴이 먹먹할 정도
로 고마우면서도 한편으로는 몹시 두려웠다. 매들레인의 존재
는 나에게 살아야 할 이유를 하나 더 보태주었지만, 뒤집어 생
각하면 그만큼 잃을 게 많아졌다는 얘기였다. 두 번 다시 생명

을 잃는 경험은 하고 싶지 않았다.

나는 내 삶을 살기 시작해야 한다는 사실을 알고 있었다. 몇 달 전 빛을 찾아 조심스럽게 킁킁거리던 굶주린 곰은 이제 꼿 꼿이 서서 지칠 줄 모르고 앞발로 허공을 내젓고 있었다. 굶주 린 곰은 더 이상 내가 좀더 건강해지거나 씩씩해지거나 슬픔에 서 벗어나기를 기다릴 수 없었다.

한나가 죽은 지 열여섯 달 만에 윌은 읽기를 배웠고, 마거릿 은 걸음마를 배웠다. 클로드는 암 연구를 위한 기금을 모았고, 매들레인은 첫 이유식을 삼켰다. 나는 더 이상 나 없는 삶이 계 속되기를 바라지 않았다.

내 눈을 들여다보고 있노라니, 고통으로 해체되었다가 가까 스로 자신을 다시 짜맞춘 한 여인이 보였다. 나는 끝 모를 공허 를 딛고 기운을 차린 그 여인에게 깊은 존경심과 연민을 느꼈 다. 한나가 육신의 쇠잔함 너머를 볼 수 있었던 것처럼, 나는 자식을 잃은 어미에 그쳐서는 안 된다는 것을 알고 있었다. 세 상에 대한 나의 노여움은 내 생활 속에서 뭔가 의미 있고 내실 있는 일을 해야겠다는 결심으로 전이되었다.

한때 나를 삼켜버릴 듯했던 슬픔이 이제는 내 뼈 속에 둥지 를 틀었다. 고통은 떨쳐버려야 할 그 무엇이 아니라 내가 갖추 어야 하는 내 존재의 일부가 되었다.

세상 속으로

나는 킴과 케이트 사이에 조용히 앉아 있었다. 우리 앞에는 린 넨으로 덮인 테이블이 놓여 있었다. 우리가 사는 지역에 새로 이사온 여성들을 위한 오찬 모임 자리였다. 킴과 케이트는 이 모임에 참석하는 게 나한테 도움이 될 거라는 말로 나를 설득해 이 자리에 나오게 했다. 한나가 죽은 뒤로 나는 모르는 사람들과 만나는 자리를 극구 피해왔다. 한나의 죽음이 나에게서 '예의'를 빼앗아가기라도 한 양 아직도 나는 언제 터질지 모르는 시한폭탄 같았다. 모르는 사람들이 어김없이 던지는 거북하고 고통스런 질문들에 내가 어떻게 반응할지 나로서도 알 수 없었다.

"아이는 몇이나 두셨어요?"가 가장 대답하기 힘든 질문이었다. '셋'이라고 대답하고 나면 내가 한나를 지워버린 것 같아 끔찍했다. '넷'이라고 하면, "아이들이 몇 살인데요?" 하는 질문이 반드시 뒤따랐다.

한나가 죽었다는 얘기가 나오는 순간부터는 다음 일을 예측할 수 없었다. 내가 상대방의 머리를 물어뜯고 싶은 충동을 느끼는 것도 바로 이때부터였다. 나를 가장 화나게 하는 질문은 "그 아이에게 혹시 핫도그를 먹이셨나요?" 하는 식의 질문인데, 대개 자식을 둔 엄마들이 이런 질문을 했다. 나는 그런 질문에 담긴 속뜻에 분노를 금할 수 없었다. 그런 질문은 곧 내가 암의 원인을 제공한 장본인 아니냐는 힐난이었기 때문이다. 나는 그런 질문을 하는 사람들의 마음 한켠에 도사리고 있는 두려움도 읽을 수 있었다.

나 역시 한때는 내가 내 아이들을 안전하게 지킬 수 있고, 나와 내 아이들에게 일어나는 일들을 조절할 수 있다고 믿었다. 한나를 제외한 세 아이의 엄마로서 나의 일부는 아직도 그럴 수 있다고 믿고 싶었다. 나는 한나가 왜 암에 걸렸는지 알아내고픈 마음에 하루에도 몇 시간씩 한나의 생활을 꼼꼼하게 되짚어보곤 했다. 내가 할 수 있거나 해야 했는데 못한 일이 있는지 알고 싶은 마음이 간절했다. 나는 끝내 답을 모를 수도 있다는 사실을 아직 받아들이지 못했고, 자꾸 그런 의문을 들춰내는 게 잘하는 일인지 아닌지 판단할 수 없었다.

진정한 내 모습을 억지로 꾸민 거짓 자아 뒤에 숨기고 있다는 기분이 드는 건 어쩔 수 없었지만, 킴과 케이트가 나를 여기에 데려온 게 잘한 일인지도 모른다는 생각이 들기 시작했다. 우리 셋은 칵테일 시간을 무사히 넘겼다. 킴과 케이트가 신경을 곤두세우고 내 옆에 바싹 달라붙어, '믿을 만한 정원사를 구하기가 얼마나 어려운가' 따위의 무난한 주제들로 대화를 이끈 덕이었다. '암'이나 '죽음' 같은 단어들이 튀어나올 수 있는 주 제보다는 별 의미 없는 얄팍한 주제를 다루는 게 안전하다고 킴과 케이트가 미리 말을 맞추었을 거라는 생각이 들었다.

우리 셋은 우리가 모르는 다른 여자 일곱 명과 한 테이블에 앉아 있었지만, 점심 식사도 마음에 상처 입는 일 없이 마칠 수 있을 것 같았다. 모두가 음식을 주문하고 나자, 다른 주로 이사 할 때 새 운전면허증을 따는 게 얼마나 골치 아픈 일인가를 놓 고 활발한 대화가 오갔다.

한 여자가 운전면허증에 붙일 그럴듯한 사진을 얻기 위해 사 진관을 세 군데나 돌아다녔다는 얘기를 장황하게 늘어놓았다. 나는 조용히 와인을 홀짝거리면서 우리 테이블에 앉은 여자들 의 얼굴을 유심히 살펴보았다. 한때 내가 그랬듯이 다른 사람의 자식만 죽는다고 생각하는 사람이 저들 가운데 몇이나 될까? 그들의 얼굴에서 고통의 흔적은 찾아볼 수 없었다. 혹시 그들도 나에 대해 같은 생각을 하지 않을까 궁금했다. 공들여 매니큐어 를 칠한 손톱과 완벽하게 손질한 머리 모양에도 불구하고, 겉으 로 보이는 모습만으로 그들이 완벽한지를 알 수는 없다는 걸 나 는 알고 있었다. 고통 또한 겉모습으로는 알 수 없었다.

금발을 거꾸로 빗어 세운 여자, 그러니까 최근에 애틀랜타에 서 뉴저지로 이사왔다는 여자가 대화에 끼어들었다. 여자는 가 방에서 구찌 지갑을 꺼내더니 지갑에 즐비하게 꽂혀 있는 카드 들 가운데 하나를 뽑아 들었다.

"이것 좀 보세요."

여자가 큰 소리로 말했다.

여자는 자기 운전면허증을 옆자리 여자에게 건네주었다.

"이걸 처음 봤을 때 죽는 줄 알았다니까요. 내 얼굴이 꼭 화학치료 받는 환자 얼굴 같잖아요. 내 참 기가 막혀서."

순간 킴과 케이트의 얼굴이 딱딱하게 얼어붙었다. 나는 금발 여자를 바라보았다. 나는 그 여자에게 내가 알고 있는 가장 예쁜 얼굴은 화학치료를 받던 환자의 얼굴이라고 말하고 싶었지만 아무 말도 하지 않았다.

나는 내 인생에도 내 자신의 고통이건 다른 사람의 고통이건 고통을 감지하지 못하던 시절이 있었다는 걸 알고 있었다. 당시 나는 사람들이 스스로 고통을 초래한다고 믿었다. 그래서 나는 그들에게 우월감을 느꼈고, 그들의 삶이 내 삶처럼 완벽하지 못하다는 사실을 딱하게 여기는 것이 바로 연민이라 생각했다. 그러나 지금은 나 역시 늘 고통스러웠다는 것을 알고 있다. 나는 그저 나에게 고통이 있다는 사실을 인정하고 싶지 않거나 인정할 수 없었던 것뿐이다.

화학치료 환자 얼굴의 운전면허증을 갖고 있는 이 여자는 나의 적이 아니었다. 그 여자가 곧 나 자신이었다.

고통을 함께하는 친구들

　몇몇 부모들은 벌써 일어서 있었다. 나는 기대감으로 떨리는 마음을 가라앉히려고 클로드의 손을 꽉 잡았다. 이 시간이 오기를 얼마나 오래 기다렸던가.

　"한나 캐서린 마텔."

　여자가 마이크에 대고 호명했다. 한나의 이름이 교회 천장으로 솟구쳤다. 클로드와 나는 당당하게 일어섰다. 제단에 또 하나의 촛불이 켜지는 동안 뺨으로 눈물이 흘러내렸다. 모든 사람들의 눈이 우리에게로 향했다. 거기 모인 사람들은 우리를 개인적으로는 몰라도 우리 사정을 훤히 알고 있었다. 우리의 처지가 곧 그들의 처지이기도 했으니까.

　오늘 행사는 조금 특별한 졸업식으로, '고통을 함께하는 친구들'이라는 단체가 자식을 잃은 부모들을 위해 마련한 기념 예배였다. 클로드와 나는 일주일에 한 번씩 열리는 이 단체의 모임에 참석하기 시작했는데, 자식을 잃었다고 해서 이상하거나 특별한 사람으로 취급되지 않는 자리를 발견하기는 한나가 죽은 뒤 처음이었다. 이 모임 사람들은 우리가 눈물을 보여도 당황하지 않았고, 우리가 자리를 뜨면 어쩌나 염려하지도 않았다. 주간 모임은 클로드와 내가 한나의 기억을 생생하게 유지하면서도 서로에게 시간을 쏟을 수 있는 기회를 주기도 했다. 모임이 끝난 뒤 차를 타고 오는 동안 아이들 안 보는 데서 우리의 감정에 대해 솔직하게 얘기하다 보면 마치 다시 데이트를 하는 기분이었다.

작년에 나는 암으로 자식을 잃은 다른 엄마들과도 관계를 맺기 시작했다. 한나가 치료를 받았던 병원에서 일하는 사회복지사가 내 경험이 다른 사람들에게 도움이 될 수 있을 거라며 다른 엄마들을 만나보라고 했다. 나는 한번 해보기로 했다. 지금은 나를 포함해 모두 열다섯 명이 정기적으로 모임을 갖고 있다. 차례를 정해 집집마다 돌려가며 모임을 갖는데, 한쪽에서 엄마들이 우는 동안 다른 한쪽에서 아이들이 뛰노는 모임은 아마 이 모임밖에 없을 것이다.

자식을 잃었다고 해서 내가 특별하다거나 '하필이면 왜 나만?' 하는 생각은 이제 들지 않았다. 한때는 고통이 다른 사람들에게만 생기는 것이라고 믿었는데, 지금은 고통이 줄곧 나와 함께 있었던 나의 일부라는 사실을 깨닫게 되었다. 전에는 내 자신에게 연민을 느꼈지만, 다른 사람들의 고통을 알게 된 지금은 다른 사람에게도 똑같은 연민을 가질 수 있게 되었다.

이름을 부르는 순서가 끝나자 교회를 가득 메운 가족과 친구들이 박수를 치기 시작했다. 그때까지 서 있던 부모들에게 사랑과 존경을 표하는 가슴 벅찬 박수 소리가 교회 안에 가득 울려퍼졌다. 나로서는 이보다 더 영광스러웠던 적이 없었다. 예배에 참석했던 사람들이 줄지어 나와 예배당에 딸린 회의실에 커피를 마시기 위해 모였다. 우리는 몇 사람씩 둘러서서 우리 아이들에 대해 이야기를 나누었다.

내가 한창 한나 이야기를 하고 있는데, 다른 엄마들 가운데 한 사람이 불쑥 끼어들었다.

"어머나, 세상에!"

그 여자가 말했다.

"당신이 그 빨간 구두를 신은 여자 아이 어머니이시군요!"

자기 이름이 바버러라고 밝힌 그 여자는 자기 딸 에린이 두 살 때 죽었다고 했다. 에린은 한나와 같은 병원 소아과 집중 치료실에서 치료를 받았다고 했다. 한나가 수술 뒤 회복 치료를 받았던 그 집중 치료실 말이다.

"그 병원 레지던트랑 간호사들이 참 좋더군요."

바버러가 말했다.

"그들은 에린을 하나의 인격체로 대해줬어요. 병실에 들어오면 언제나 자기소개부터 했죠. 그리고 다른 사람들 눈에는 하찮아 보일 수도 있지만 에린에게는 무척 중요한 일들에 세세하게 신경을 써주었어요. 이를테면 반창고를 어떤 걸로 붙일지 에린에게 직접 고르게 한다든지, 뭐 그런 거 말이에요."

클로드와 나는 마주 보고 웃으며 서로의 손을 힘주어 잡았다.

바버러가 얘기를 계속했다.

"간호사들이 그러는데, 에린을 보니 어떤 여자 아이가 생각 난다고 하더군요. 그 여자 아이가 자기들이 일하는 방식에 많은 변화를 가져왔기 때문에 아직도 그 아이 생각이 많이 난다는 거예요. 병원 규칙상 간호사들이 저에게 그 아이 이름을 말해주지는 않았는데, 얘기할 때 늘 그 아이를 '빨간 구두 신은 아이'라고 하더군요."

클로드와 나는 다시 눈물을 흘리기 시작했다. 그러나 그건 슬픔의 눈물이 아니라 가슴 벅찬 자랑스러움과 안도감에서 나오는 눈물이었다. 한나의 삶은 결코 헛되지 않았다. 한나의 삶이 한나가 사랑했던 사람들은 물론이고 한나가 알지 못했던 다른 많은 사람들의 가슴과 삶에 변화를 가져오고 있었다.

고통을 안타깝게 여기는 게 연민은 아니다. 연민은 모든 사람에게 나름대로의 고통이 있다는 걸 아는 데서 나온다. 우리는 우리와 다른 모든 사람들 사이의 이런 관계를 깨달을 때, 서로가 서로에게 속해 있다는 것을 알게 된다. 우리는 혼자 고통을 겪는 게 아니다.

Wonder

꿈을 직조하는 사람

갈증

"요점이 뭐지? 하는 의문을 가져본 적 있어요?"

로라제인이 물었다.

로라제인은 우리집 거실 창문에 등을 기대고 서 있었다. 그녀 뒤에서 오후의 햇살이 쏟아져 들어왔다. 그녀가 너무 화가나 있어 성스러워 보이지 않는다는 점만 빼면, 붉은 후광을 입은 천사로 착각할 만했다. 내가 로라제인을 좋아하게 된 것은 무엇보다도 그녀의 단도직입적인 어법 때문이었다.

"정말로 하느님은 무슨 생각을 하고 계실까요?"

로라제인이 말을 이었다.

"분명히 무슨 이유가 있을 거예요. 하느님이 까닭 없이 이모든 시련을 주실 거라고는 생각할 수가 없어요."

내 생각도 같았다. 요즘 내 자신과 내 삶을 위해 무언가를 해야겠다는 결심이 어느 때보다도 확고해지면서 나는 내 마음에 달라붙어 좀처럼 떠나려 하지 않는 두 가지 의문을 어떻게든 해결할 작정이었다. 한나가 왜 죽었을까? 한나는 지금 어디에 있을까? 이 두 가지 의문에 대해 내가 너무 많이 알고 있으면서 동시에 거의 아는 게 없는 것 같아 조바심이 났다.

한나가 무슨 까닭이 있어 죽었다는 건 확실히 알겠는데, 그 까닭이 무엇인지는 알 수 없었다. 또한 한나가 어디엔가 있다는 건 알겠는데, 거기가 어디인지는 알 수 없었다. 아무리 애를 써도 그 이상으로는 생각이 진전되지 않았다. 이 두 가지 의문만 해결된다면 내 삶의 다른 모든 것들이 마침내 제자리를 잡게 될 것 같았다.

"똑같은 생각을 하고 또 하는 데 지쳤어요."

내가 말했다.

"무슨 다른 방법이 없을까요?"

일주일 뒤, 로라제인과 나는 다른 몇 사람과 우리집에서 만났다. 이것이 나중에 우리가 '금요 영성회'라고 부르게 된 모임의 첫 만남이었다. 우리는 함께 답을 찾기 시작했다. 신앙의 폭과 깊이를 확장하기 위한 방편으로 다른 종교 전통들을 오랫동안 연구해 온 로라제인이 우리 모임의 비공식 지도자 구실을 했다.

로라제인의 제안으로 우리는 꿈 해석에서부터 다른 종교들에 내재하는 지혜의 정신 현상에 이르기까지 다양한 주제를 정해 책을 읽고 토론하기 시작했다. 전에는 친구들을 만나 차를 마시며 부질없는 잡담을 주고받았는데, 이제는 차를 마시며 윤회에 대해 이야기하게 된 것이다.

내가 마치 부화하기 위해 알 껍질을 안에서 쪼아대는 작은 새라도 된 것 같았다. 내 삶의 외피는 지금도 한나가 암에 걸리기 전과 다를 게 없어 보이지만 내면은 철저하게 달라져 있었다. 나는 그동안 온갖 고생을 다했는데도 얻은 게 거의 없는 것 같아 좌절감을 느꼈다.

나는 겉으로 드러나는 내 삶이 좀더 열정적이고 적극적이기를 바랐다. 점점 자유롭고 대담해지고 있는 내면이 겉모습에도 반영되었으면 하는 마음이었다. 그러나 한편으로는 너무 빨리 너무 많은 변화를 꾀하기가 망설여졌다. 내 삶이 안정을 되찾기 시작한 것은 불과 얼마 전부터였다. 늘 해왔던 일상이 조금씩 편하고 익숙하게 느껴지기 시작했다.

새로운 삶에 전적으로 뛰어들기가 망설여지기는 했지만, 내가 읽고 있는 책과 우리의 토론은 내 안에서 무엇인가를 열어젖히고 있었다. 나는 지금까지 말로 표현할 수 없다고 여겼던 내 경험들을 표현해 줄 언어를 배우고 있었다. 내가 아는 대부분의 다른 사람들과 달리 늘 아웃사이더처럼 느껴졌던 나의 일부가 이제는 그다지 낯설지 않았다.

나는 기독교인으로서 깊은 신앙심을 갖고 있지만, 내 신앙을 표현하고 체험하기 위해 거리낌 없이 다른 방법들을 시도했다. 나는 꿈 일기를 쓰고, 촛불을 켜고, 향을 피우기 시작했다. 십대 때 본능적으로 시작했다가 이제 그만 어른이 되어야 할 것 같아 몇 해 전에 그만둔 일들을 다시 시작한 것이다.

내가 요즘 심취해 있는 일들에 대해 클로드에게 털어놓았을 때, 클로드는 심드렁한 반응을 보였다.

"당신이랑 그 친구들은 꼭 무슨 사이비 종교 집단 같아."

클로드가 말했다. 농담으로만 하는 소리는 아니었다.

나의 일부는 클로드의 말이 옳을지도 모른다고 생각했지만, 탐색을 포기하지 않을 작정이었다. 멀리 있는 싱그러운 오아시스 냄새를 포착한 사막의 목마른 순례자처럼, 나는 걸음을 멈추지 않을 것이다.

연약한 끈

클로드의 사무실에서 열린 크리스마스 파티가 마침내 서서히 끝나가고 있었다. 참석자들 모두가 카페테리아에서 과자와 펀치와 스퀘어 댄스를 즐겼고, 이제는 산타 클로스 부부와 인사를 나누기 위해 길게 줄을 서서 기다리고 있었다. 많이 늦은 시각이었다. 벌써 집으로 돌아간 가족도 많았다. 우리가 엘리베이터로 걸어갈 때 복도는 텅 비어 있었다. 나는 매들레인을 안고 있었고, 윌과 마거릿은 클로드와 내 둘레를 빙빙 돌며 서로 장난을 치고 있었다.

복도 끝에서 한 여자와 어린 여자 아이 하나가 우리 쪽으로 걸어오기 시작했다. 두 사람이 가까워지자 클로드가 그 여자를 알아보았다. 회사 동료라고 했다. 우리는 서로 인사를 나누고 모두 함께 엘리베이터를 탔다. 문이 스르륵 닫히자 여자가 엘리베이터 안을 둘러보았다.

"아이 하나가 빠진 것 같은데요?"

여자가 물었다.

클로드는 윌과 마거릿과 매들레인을 차례로 보고 나에게로 눈길을 돌렸다. 그러더니 그 여자에게 말했다.

"아닌데요. 무슨 말씀이세요?"

"거 참 이상하네."

여자가 이마를 찌푸리며 말했다.

"아까 복도에서 제가 클로드 씨네 가족을 처음 보았을 때, 분명히 아이가 셋이 아니라 넷이었거든요."

클로드와 나는 서로를 바라보았다. 말은 안 했지만 우리 둘 다 똑같은 의문을 품고 있었다. 나는 한나가 우리를 찾아왔던 것이라고 믿고 싶었지만, 주위를 자세히 살피기가 두려웠다. 털끝만큼이라도 의심이 끼어든다면 지금 한나와 우리를 잇고 있는 연약한 끈이 끊어져버릴지도 몰랐다.

꿈을 직조하는 사람

나는 차고로 들어가 차를 세웠다. 마거릿과 매들레인이 밖으로 나오지 못하게 카시트에 그대로 둔 채, 나는 짐칸에서 봉선화와 팬지 모종이 담긴 상자를 내리기 시작했다. 봄이었다.

한나가 살아 있을 때 푸른 잎을 나풀거리던 플라타너스 나무들이 다시 연둣빛 잎들을 피워내고 있었다. 한나는 연못에 가서 오리들에게 먹이를 주고 커다란 목련나무에게 손 흔들어주기를 좋아했는데, 이제 한나 대신 마거릿과 매들레인이 연못을 찾았다. 마치 내가 나선형 계단을 올라가고 있어서 같은 광경을 계속 보게 되는 듯한 느낌이었다. 그러나 같은 광경을 보는 내 시각은 매번 달라졌다.

나는 꽃 모종을 다 내려놓고 손에서 흙을 털다가, 우리집 현관문 손잡이에 큼직한 비닐 봉지가 걸려 있는 것을 보았다. 나는 누가 우리 딸들 입히라고 작아 못 입게 된 옷들을 갖다놓았겠거니 생각하면서 봉지를 열어보았다. 내 짐작은 빗나갔다. 봉지 안에는 쪽지 한 장과 둘둘 만 모직 천 같은 게 들어 있었다. 나는 우선 쪽지부터 읽었다.

마텔 부인께
이 러그는 당신 것입니다. 당신 딸 하나가 당신께 보내는 것이지요. 저를 이상하게 생각하지 마세요. 저도 이런 일은 처음입니다. 저는 당신을 만난 적이 없지만 제 딸이 들꽃 유치원에 다닐 때 하나 얘기를 들었습니다. 저는 몇 년 전에 러그 짜는 법을 배웠습니다. 그래서 제 딸아이 네 명을 위해 러그를 하나씩 짜기로 했지요. 처음 이 러그를 짜기 시작했을 때, 저는 이 러그가 제 딸들 가운데 한 아이의 것이 될 줄 알았습니다. 그런데 얼마 지나지 않아 제 생각이 틀렸다는 것을 알게 되었습니다. 이상하게도 이 러그를 짜는 동안 줄곧 하나 생각이 머리에서 떠나지 않았습니다. 뭐라고 설명할 수는 없지만, 꼭 하나가 이 러그를 당신을 위해 짜기를 바라는 것 같았습니다. 지난 한 해 동안 이 러그를 저와 하나가 함께 짠 셈이지요. 이 일을 하는 동안 하나는 죽음 뒤의 삶에 대한 제 생각을 완전히 바꾸어놓았습니다. 저는 이제 두렵지 않습니다. 오히려 축복받았다는 느낌입니다. 하나는 당신을 무척 사랑합니다. 하나의 어머니가 되어주셔서 고맙습니다.
조앤

러그를 풀었을 때, 나는 놀라움을 감출 수 없었다. 러그의 바탕이 우리집 양탄자와 똑같은 암록색이었던 것이다. 러그 한가운데에는 맨발의 금발 천사가 별이 빛나는 하늘에 떠 있는 모습이 묘사되어 있었다. 천사는 큼직한 분홍 장미를 손에 들고 있었다. 한나가 마거릿의 가운데 이름으로 골랐던 게 장미(로즈) 아니었던가.

나는 차고 앞에 서서 울기 시작했다. 이것이 한나가 보내는 메시지라는 것을 나는 마음으로 알고 있었다. 특별할 것이라고는 전혀 없는 그저 그런 날에 한나가 이런 메시지를 보내준 게 더없이 고마웠다.

참고 있던 숨을 내쉬다

여름이 지나는 사이 마거릿도 세 돌을 넘겼다. 마거릿과 매들레인은 두 마리 붉은털원숭이처럼 한시도 떨어질 줄 몰랐다. 마거릿이 가는 곳은 어디든 매들레인도 갔다. 요즘 두 녀석은 큰언니 한나에 대해 많은 걸 묻는다. 나는 이제 한나의 특별한 물건들을 담아놓은 상자를 두 아이에게 보여줄 때가 되었다고 생각했다. 그래서 침대 밑에서 막 상자를 끌어내는데 전화벨이 울렸다.

"애들아, 잠깐만 기다려. 금방 올게."

"응, 엄마."

두 아이가 한목소리로 대답했다.

내 생각이 짧았다는 걸 나중에야 알았다.

나는 아래층으로 달려가 수화기를 집어들었다. 윌과 같은 야구 팀에서 활동하는 아이의 엄마가 오늘 저녁 경기에 대한 알림 사항을 전해주기 위해 걸어온 전화였다. 나는 알림 사항을 받아 적고 나서 시즌이 끝나면 아이들을 위해 열기로 한 피자 파티에 대해 물었다. 나는 통화하는 데 정신이 팔려 시간 가는 줄을 몰랐다. 한참이 지나서야 마거릿과 매들레인이 나를 기다리고 있다는 생각이 떠올랐다. 그만 전화를 끊어야겠다고 서둘러 인사를 하는데, 두 아이가 계단을 내려오는 소리가 들렸다.

"엄마, 나 예쁘지?"

매들레인이 말했다.

"엄마, 나도."

마거릿이 끼어들었다.

나는 수화기를 내려놓고 돌아섰다.

매들레인이 한나의 분홍 꽃무늬 잠옷을 입고 서 있었다. 잠옷이 너무 커서, 치맛단이 끌리지 않게 허리께를 거머쥐고 있었다. 매들레인이 한쪽 발을 내 쪽으로 내밀었다.

"봐, 엄마, 나한테 꼭 맞아."

매들레인이 말했다.

아니나 다를까, 매들레인은 한나의 빨간 구두까지 신고 있었다.

"내가 매들레인한테 구두를 신겨줬어."

마거릿이 자랑스레 말했다.

나는 마거릿을 돌아보았다. 매들레인의 차림새에 너무 놀라, 마거릿이 어떻게 하고 있는지는 미처 못 보았던 것이다. 머리 끝부터 발끝까지 살갗이 드러난 곳은 남김없이 한나가 모아놓은 일회용 반창고로 뒤덮여 있었다. 두 아이는 그렇게 내 앞에

서서 나를 보고 활짝 웃고 있었다.

나는 한나가 죽은 뒤로 내가 숨을 참고 있었다는 사실을 그때까지 깨닫지 못했었다. 이 특별한 물건들에 담겨 있는 마법을 간직하지 못하면 한나에 대한 내 기억들이 사라질까 두려웠다. 그러나 마법이 풀리고 난 지금, 나는 그 반창고와 잠옷과 빨간 구두에 아직 다 피지 못한 훨씬 많은 생명이 있다는 사실을 알게 되었다. 나는 한나의 기억들을 그 상자에서 풀어놓아야 했고, 내 자신 역시 풀어놓아야 했다. 마거릿과 매들레인이 환하게 웃고 있는 모습을 보면서 나는 소리내어 웃어야 할지 울음을 터뜨려야 할지 갈피가 잡히지 않았다.

"둘 다 아주 근사해 보이는구나."

나는 마침내 두 아이 앞에 무릎을 꿇고 팔을 벌리며 말했다. 두 아이가 키득거리며 내 품으로 달려들 때, 나는 한마디 덧붙였다.

"한나도 그렇게 생각할 거야."

한나의 초대

눈을 뗄 수가 없었다. 뉴욕 시 메트로폴리탄 미술관에 걸려 있는 모네의 걸작을 보면서 나는 깨달았다. 모네가 대담한 필치로 포착한 것은 단순히 진홍빛 천 위에 놓인 해바라기 꽃병이 아니라 더는 바랄 게 없는 충만감이라는 것을.

다음날 아크릴 물감 한 세트와 붓 몇 개와 캔버스 하나와 입문서 한 권을 샀다. 나는 식탁에 신문 몇 장을 깔고, 작은 그릇에 물을 담고, 종이 접시에 물감을 조금씩 짠 뒤 색을 섞기 시작했다. 여유를 갖고 차근차근 과정을 밟아나갔다.

연회색 연필로 하얀 캔버스에 스케치를 시작했다. 나지막한 언덕들 사이 골짜기에 튼튼한 통나무 오두막집이 들어섰다. 언덕들 뒤에는 녹음 짙은 산이 자리잡았다. 하얀 시냇물은 바위를 타고 굽이 돌아 잔잔하게 흐르다가 시원하게 소용돌이치며 집 앞을 지났다. 나는 작은 우물을 짓고 참나무 두레박을 만들어 넣은 다음, 통나무집 뒷문까지 이어지는 꽃길을 냈다.

이번엔 조심스럽게 물감 묻은 붓을 들었다. 붓을 잡은 손길이 차츰 대담해지면서 스케치가 아니라 스케치에 영감을 주었던 경관에 나를 맡겼다. 인내심을 가지고 작업에 임할수록 더 많은 것을 배울 수 있었다.

나뭇잎이 빛과 초록의 모자이크라는 것을 알게 되고, 삼나무 널빤지를 얹은 지붕은 오후의 햇빛을 받으면 머리털처럼 가느다란 금빛 균열들을 드러낸다는 것을 알게 되었다. 실수조차도 캔버스에서는 새롭게 변모되었다. 너무 많이 칠해버린 파란색에 잘못하여 노란색을 섞자, 시냇물 속에 들어앉은 바위 둘레에 뜻하지 않은 이끼 색 그늘이 생겨났다.

그림을 그릴 때면 나는 '살아 있음'을 온몸으로 느꼈고, 기쁨으로 충만했다. 한나가 티 파티를 위해 상을 차리던 모습을 지켜보던 일이 떠올랐다. 그러면서 내가 마침내 충만한 삶을 살라는 한나의 초대를 받아들였다는 생각이 들었다. 중요한 것은 그림을 그리는 행위 자체가 아니라 내가 하고 있는 일이 무엇이든 그 일에 임하는 내 태도와 관심이었다.

두 달 뒤 나는 캔버스 오른쪽 아래 구석에 내 이름을 적어넣었고, 캔버스를 부엌 싱크대 위 창문에 기대놓았다. 창문 너머로 클로드가 마거릿과 매들레인의 그네를 밀어주는 모습이 보였다. 두 아이가 신나게 소리를 지르며 따스한 햇살이 쏟아지는 하늘로 솟아오를 때, 어느 날 오후 한나와 함께 그린 손가락 그림이 떠올랐다. 빨강, 파랑, 노랑, 초록 물감 방울들이 잔디밭에서 나에게 윙크하는 모습이 눈에 보이는 듯했다.

감사

건널목까지는 한 블록 정도 더 가야 하는데, 건널목 신호등은 빨간불이었다. 이미 지각이라 속력을 늦추고 싶지 않았다. 내가 액셀러레이터에서 발을 떼기 직전에 신호등이 초록불로 바뀌었다.

"고맙습니다."

내 입에서 이 말이 절로 튀어나왔다.

요즘 나는 뭔가를 알아내려고 발버둥치는 데 지쳐, "제발, 제발, 제발" 하는 기도를 그만두고 대신 "고맙습니다, 고맙습니다, 고맙습니다"를 중얼거리기 시작했다. 우선 내 삶에서 명백히 축복이라고 할 만한 것들—세 아이, 친구들, 건강, 클로드와 내가 우리 결혼 생활을 지키기 위해 쏟는 노력—에 대해 감사하기 시작했는데, 일단 시작하고 보니, 보면 볼수록 감사할 것 투성이라 '고맙다'는 말을 멈출 수가 없었다. 이윽고 나는 모든 것에 감사하고 있었다. 나무들이 그늘을 만들어주는 게 고맙고, 스웨터가 따뜻하게 몸을 감싸주는 게 고맙고, 개들이 부드러운 털을 지닌 게 고마웠다.

감사하는 마음은 내가 내 삶을 보고 경험하는 방식을 바꾸어 놓기 시작했다. 덕분에 나는 순간 순간마다 감사할 일은 얼마든지 있다는 걸 알게 되었다. 심지어 숨을 한 번 더 쉴 수 있는 것조차 더할 나위 없는 선물로 여겨졌다. 한나가 생각나고, 한나가 어디에서 무엇을 보든 기쁨의 알곡을 거두어들이던 일들이 생각났다.

이렇게 있는 그대로의 현실을 고맙게 받아들이는 연습은 긍정적인 사고를 훈련하는 것 이상의 의미를 지니고 있었다. 나에게 그것은 한나와 함께 나누었던 깊은 평온으로 돌아가는 일이기도 했다.

이런 평온 속에서 나는 훨씬 놀라운 것을 깨닫기 시작했다. 단 한순간도 그 자체로서 존재하지 않는다는 사실이었다. 모든 순간은 그 전에 있었던 순간들과 앞으로 다가올 순간들이 결합하여 성립하는 것이다. 과거와 미래가 짜맞춰지는 방식에는 어떤 패턴, 혹은 어떤 정보가 있어 내가 내 삶을 살고 있는 게 아니라 내 삶이 나를 살고 있음을 암시하는 듯했다.

변화

나는 내 발 밑에서 잘박이는 잔물결을 음미하며 물가를 따라 걸었다. 나는 바다가 좋았다. 그 광대함과 변화무쌍함을 보면 마음이 겸허해졌다.

나는 내 삶의 모든 것에 변화가 필요하다는 생각에 사로잡혀 있었다. 두렵기도 하고 흥분되기도 했다. 이제 나는 좀더 분명한 목표 의식을 갖고 싶고, 내가 중심이 되는 삶을 살고 싶었다.

클로드와 나는 여전히 결혼 생활을 지키려고 애쓰고 있었지만 우리의 사랑은 물결에 쓸려 내려가는 바닷가 모래처럼 우리의 발 밑에서 빠져나가고 있었다. 우리 두 사람 다 현재 상태에 몹시 불만을 품고 있었지만, 상황을 변화시키기 위해 무엇을 해야 할지에 대해서는 의견이 엇갈렸다.

나는 아직도 클로드 없는 내 삶을 상상할 수 없었다. 이혼은 남의 얘기 같기만 했다. 한편으로는 내 삶에 더는 도움이 되지 않는 것들을 놓아버리고 싶은 마음이 간절하면서도, 또 한편으로는 여전히 나에게 중요한 모든 것을 잃을까 두려웠다.

나는 바닷가 모래 언덕 끝자락에 앉아 모래더미에 등을 기댔다. 눈을 감고, 바닷가에서 부서지는 파도 소리 위로 내 심장이 뛰는 소리에 귀를 기울였다. 거센 바닷바람을 들이마시고 입술을 핥았다. 혀에 소금기가 느껴졌다. 나는 광대한 자연에 나를 맡긴 채 조용히 누워 있었다.

내 자신이 한없이 작게 느껴졌지만, 포근하고 편안했다. 내 삶의 조수(潮水)가, 내가 내 자신에 대해 가지고 있던 낡은 생각들을 씻어내는 걸 느낄 수 있었다. 그 물결에 나를 내맡기고 싶었다. 그러나 그 물결이 나를 어디로 데려가든, 거기에 하나도 있을 것이라는 확신이 필요했다.

바로 내 위에서 갈매기 한 마리가 끼룩거렸다. 나는 눈을 뜨고 일어나 앉았다.

손으로 얼굴에 그늘을 만들고 눈을 가늘게 뜬 채 눈부신 오후의 태양을 바라보았다. 갈색 반점이 박힌 몸에 하얀 날개를 단 새가 나를 향해 곧장 날아왔다. 그 새는 열심히 날갯짓을 하면서도 구슬 같은 갈색 눈을 한시도 내 눈에서 떼지 않았다. 새는 내 앞 모래밭에 내려앉았다. 새와 나는 조용히 서로를 살폈다.

처음에는 그 새 역시 다른 수많은 갈매기들과 똑같아 보였으나, 계속 살펴보니 날개 깃털 끝만 갈색일 뿐 녀석의 배는 다른 갈매기들보다 더 희고 오른쪽 다리는 약간 상해 있었다. 녀석이 한쪽 눈을 깜박이더니 깃털을 곤두세웠다. 녀석을 보고 있자니, 녀석도 나처럼 평범하면서도 남다르구나 하는 생각이 들었다.

나는 달을 뜨게 하고, 지구를 돌아가게 하고, 바다를 끊임없이 되채우는 똑같은 불가사의가 한나에게 생명을 주고, 이 갈매기와 나를 만들었다는 것을 알게 되었다. 그 불가사의는 차고 기울고 끊임없이 변화하면서도 영원히 변하지 않는 만물의 근원이었다. 내가 무엇을 하든 한나가 어디에 있든 우리는 영원히 서로의 일부로 남을 것이다. 이건 나를 위로하려는 환상이 아니라 진실이었다.

나는 어떻게든 모든 것을 알아내려는 노력을 포기할 수 있었다. 내가 던지고 있던 질문들에 정답이란 없었다. 불확실성과 충만함과 불가사의를 그냥 그대로 내버려두는 수밖에 없었다.

시간의 열매

마거릿과 매들레인은 뒷자리 카시트에 앉아 있고, 윌은 내 옆 조수석에 있었다. 앞에 있던 차가 좌회전을 하려고 속력을 줄였기 때문에 나도 액셀러레이터에서 발을 뗐다.

"엄마, 저기 좀 봐!"

매들레인이 손가락으로 뭔가를 가리키며 흥분해서 소리쳤다.

"내가 태어나기 전에 한나 언니랑 하늘나라에서 놀던 곳이 저기야!"

매들레인은 한나가 좋아하던 분홍색 집을 가리키고 있었다.

한나가 그 집을 좋아했다는 걸 매들레인이 어떻게 알게 되었는지 나로서는 알 수 없었지만, 굳이 알 필요도 없었다. 그저 그게 한나의 삶이 남긴 선물이자 모든 것 속에 살아 있는 불가사의의 증거이겠거니 하고 받아들였다.

돌이켜보니, 한나가 죽기 전 일 년과 죽고 난 후 3년 반을 거치는 동안 내 믿음이 꾸준히 무르익어왔던 것 같다. 이 순수하고 절묘한 순간에, 무르익은 그 열매가 마침내 높은 가지에서 내 무릎으로 툭 떨어진 것이다.

발레 학원 가는 날

분홍색 크림으로 덮인 케이크가 아침 식탁 한가운데 자리 잡고 있었다. 케이크에는 하얀 양초 한 다발이 꽂혀 있었다. 오늘은 한나의 열한 번째 생일이었다. 우리는 빨간 컨버터블을 빌려 드라이브를 즐겼던 날 이후로 해마다 그랬던 것처럼 한나의 생일을 축하할 예정이었다.

클로드와 윌이 일터와 학교로 떠나기 전에 미리 풍선 세 봉지를 불어놓았다. 그 풍선들이 지금 방 네 모퉁이에 드리워진 화장지 띠에 하나씩 매달리고 있었다. 마거릿과 매들레인은 나를 돕는다고 셀로판테이프를 몇 미터씩 풀어놓으면서 즐거워했는데, 내가 아침 식사 때 쓴 그릇들을 식기 세척기에 넣느라 잠시 풍선 매다는 일을 중단하자 빨리 좀 하라고 보채며 팔짝 팔짝 뛰기 시작했다. 오늘이 특별한 것은 한나의 생일이기 때문만은 아니었다. 오늘은 마거릿과 매들레인이 처음으로 발레 학원에 가는 날이기도 했다.

　나는 딸을 갖기를 꿈꿀 때부터 줄곧 이 순간을 머리 속에 그려왔다. 내 딸은 발레 학원의 다른 아이들처럼 몸에 꽉 끼는 연분홍 발레복과 연분홍 타이츠를 입을 것이다. 그리고 까만 에나멜가죽 가방에 연분홍 발레화를 넣어 가지고 갈 것이다. 머리는 깔끔하게 뒤로 땋아 분홍색 새틴 나비 리본으로 묶을 것이다.

　내 꿈속에서 다른 엄마들과 나는 자랑스럽게 미소짓고 있었고, 다른 엄마들도 모두 나처럼 곱게 치장한 모습이었다. 우리는 고급 양장점에서 맞춘 바지에 산뜻한 면 셔츠를 입고 가죽 단화를 신었으며 금시계와 팔찌, 귀걸이를 차고 있었다. 머리는 뒤로 올려 세련된 머리핀을 꽂았다. 우리가 유모차에 태워 데리고 온 동생들은 한결같이 말쑥했고, 얌전히 자고 있었다.

　정말이지 나는 발레 학원에 가는 첫날이 어때야 하는지 훤히 알고 있었는데 현실은 그게 전혀 아니었다. 매들레인의 발레복은 연분홍색이었지만, 초콜릿과 전날 밤에 먹은 스파게티 소스로 잔뜩 얼룩져 있었다. 매들레인은 발레복을 이틀 연속 입었다. 그걸 입고 얼마나 신이 났는지, 잠자리에 들 때조차 벗으려 하지 않았다.

　매들레인의 분홍 타이츠와 발레화는 다른 아이들의 것과 같겠지만, 머리는 벌써 초록·분홍·파랑 방울이 달린 고무줄에서 삐죽삐죽 빠져나와 있었다. 매들레인은 자기 발레화와 마거릿의 발레화를 까만 에나멜가죽 가방 대신 커다란 노란색 비닐봉투에 담았다. 그 큰 비닐 봉투는 매들레인이 '만약의 경우에 대비해' 챙겨둔 책과 바비 인형들로 가득 차 있었다.

마거릿은 마거릿대로 분홍 발레복을 입으라는 내 말을 듣지 않고 자기 옷상자에서 다른 무용복을 꺼내 입었다. 번쩍거리는 파란색 스팽글과 여러 가지 색깔이 뒤섞인 짧은 치마는 밑에 받쳐 입은 빨간 타이츠와 조금도 어울리지 않았다. 마거릿은 은색 반짝이가 들어 있는 욕실용 슬리퍼를 신고 인조 보석이 박힌 신데렐라 왕관을 썼다.

현관 거울에 비친 우리 모습을 보았을 때 나는 망설였다. 다른 엄마들이 오늘 어떤 차림을 하고 오든 간에, 마거릿의 옷에 달린 번쩍이는 금속 조각이 그렇듯 내 긴 치마와 까만 가죽 부츠와 빨간 모직 숄은 격에 맞지 않는 것 같았다. 내가 꿈꾸던 발레 학원 첫날의 모습은 어디로 가고 엉뚱한 여자가 거울 앞에 서 있는 것일까?

내 안에서 불쑥 어떤 목소리가 들렸다.

"좀더 적당한 옷으로 갈아입는 게 좋겠어. 아니면 마거릿과 매들레인의 옷이라도 갈아입히든지."

나는 하마터면 소리내어 웃을 뻔했다. 나는 이것이 다른 사람들이 어떻게 생각할지에 늘 신경을 곤두세우던 여자의 목소리라는 것을 알고 있었다. 내 옷차림을 보고 걱정하는 것은 그 여자이지 나는 아니었다.

그렇게 거울 앞에 서서 우리 모습을 바라보고 있을 때, 나는 내가 오랜 세월 갇혀 살았던 상자의 벽들이 멀리 떨어져 나가는 것을 느낄 수 있었다. 나의 일부는 늘 상처받거나 실수를 저지르거나 사랑받지 못할까 봐 두려워할 것이다. 나는 그런 두려움이 사라지기를 기다릴 필요가 없었다. 고통처럼 두려움도 그저 나의 일부이기에.

나는 마거릿과 매들레인에게 말했다.

"너희 둘 다 아주 근사하구나."

"엄마도."

두 녀석이 키득거리며 말했다.

"우리가 여기서 뭘 꾸물거리고 있지? 어서 가자꾸나!"

한나는, 이 세상에서 한나의 몸을 거두어간 죽음보다 더 고통스런 죽음이 있다는 사실을 나에게 가르쳐주었다. 두려움 때문에 잔뜩 웅크리고 사는 사람은 너무나 많은 기쁨을 놓치게 된다. 나는 마거릿과 매들레인이 고개를 꼿꼿이 들고 웃는 얼굴로 발레 학원에 들어가는 모습을 지켜보면서, 한나의 빨간 구두에 숨겨진 마법이 먼 길을 돌아 마침내 제자리로 돌아왔다는 것을 알게 되었다. 한나는 이 선물을 나에게만 준 것이 아니었다. 두 여동생에게도 똑같은 선물을 주었다.

회상

나는 막막한 고요 속에 잠들어 있었다. 아무것도 보이지 않고 아무 일도 일어나지 않았다. 누군가가 슬며시 끼어들어 적막을 깼다. 내 의식이 서서히 깨어났다. 나는 혼자가 아니었다. 나는 다른 누군가가 있는 곳으로 천천히 이동했다. 내 눈은 감겨 있었다. 나는 두렵지 않았다. 한나의 숨소리가 들렸다. 한나가 인내심을 가지고 기다리고 있다는 것을 느낄 수 있었다. 나는 한나가 내 침대 곁에 서 있다는 걸 알고 있었다. 내 눈은 여전히 감겨 있었다. 나는 눈을 그냥 감긴 대로 두었다. 한나는 기다렸다. 눈을 떴다.

한나는 새벽 여명 속에 서서 모든 것을 알고 있었고, 지금도 알고 있다는 듯이 조용히 미소짓고 있었다. 봄이었다. 한나는 아팠다. 우리는 한나가 죽어가고 있다는 얘기를 이미 들은 상태였다.

"엄마, 나 꿈 꿨어."

한나가 말했다.

나는 이불을 들췄다. 밤새 이불 속에 갇혀 있던 온기가 스르륵 빠져나가는 게 느껴졌다. 한나가 이불 속으로 들어와 꼼지락꼼지락 자기 몸을 내 몸에 바싹 갖다댔다.

"엄마, 나 꿈 꿨어."

한나가 다시 말했다.

"아주아주 특별한 꿈이야."

우리의 얼굴은 거의 맞닿다시피 했다. 한나는 곧 엄청난 비밀을 털어놓으려는 듯 눈빛을 반짝이며 잠시 뜸을 들였다.

"하느님이랑 천사들이 와서 나를 안아가지고 하늘나라로 가는 꿈을 꾸었어!"

한나가 손뼉을 쳤다.

"엄마, 정말 그렇게 된다면 너무 근사할 것 같지 않아?"

한나가 흥분해서 소리쳤다.

한나는 두 팔로 내 목을 끌어안았다. 나도 한나를 꼭 껴안았다.

한나가 죽은 지 7년, 그동안 많은 것들이 달라졌다.

클로드와 나는 이혼했다. 클로드와 헤어지는 게 고통스러웠지만 나로서는 어쩔 수 없는 선택이었다. 우리는 몇 주에 걸쳐 허심탄회하게 속내를 털어놓은 끝에, 부엌 테이블에 앉아 이혼에 합의했다. 전에도 여러 차례 그랬듯이 우리는 마코프 박사의 원칙에 따라 우리가 가지고 있는 정보의 범위 안에서 할 수 있는 최선의 결정을 내렸다.

그리고 나는 내가 줄곧 꿈꿔오던 삶 속으로 걸어 들어갔다. 새로운 삶의 토대는 한나와 함께 보낸 마지막 해에 경험한 평온인데, 그 평온은 내 안에서 계속 깊이를 더해갔다. 새로 시작한 결혼 생활을 포함해 요즘의 내 삶은 답 없는 물음을 안고 사는 것을 즐겁게 여길 만큼 원숙해 있다.

월과 마거릿과 매들레인은 건강하게 잘 자라고 있다. 한나가 이들의 삶에 늘 함께하기 때문이리라. 윌은 아직도 거의 매일 밤 잠들기 전 한나에게 말을 건다. 마거릿과 매들레인은 종종 자기네 큰언니에 대해 자랑스럽게 이야기한다.

우리 교회 앞에 심은 한나의 목련나무는 첫 해에 꽃을 피웠다. 그 목련나무는 한나를 사랑하는 사람들이 한나가 생각날 때마다 찾는 곳이 되었다. 천사와 장식용 나비들과 플라스틱 구슬 목걸이는 아직도 목련나무 가지에 매달려 있다. 한나의 생일과 기일마다 우리는 이 나무에 꽃다발을 갖다놓는다.

한나의 빨간 구두는 다시는 내 침대 밑 상자 속으로 돌아가지 않았다. 에나멜가죽이 해지고, 버클에 달린 끈이 갈라지고, 굽이 닳아 없어질 때까지 매들레인의 발에서 딸깍거리며 춤을 추었다. 빨간 구두의 이미지는 시간을 초월해 한나의 밝은 영혼을 일깨워 주는 상징으로 내 마음속에 아직도 살아 있다.

한나의 선물

초판 1쇄 2002년 9월 5일
개정판 1쇄 2008년 5월 15일
개정판 5쇄 2019년 4월 20일

지은이 | 머라이어 하우스덴
옮긴이 | 김라합
펴낸이 | 송영석

펴낸곳 | (株)해냄출판사
등록번호 | 제10-229호
등록일자 | 1988년 5월 11일

04042 서울시 마포구 잔다리로 30 해냄빌딩 5·6층
대표전화 | 326-1600 **팩스** | 326-1624
홈페이지 | www.hainaim.com

ISBN 978-89-7337-954-5

파본은 본사나 구입하신 서점에서 교환하여 드립니다.